Hans Kruppa

Das Zauberbuch

Ein Märchen

lucy körner verlag

1. Auflage Oktober 1987
2. Auflage Dezember 1987
3. Auflage Februar 1988
4. Auflage Januar 1989
5. Auflage Februar 1990
6. Auflage April 1990
7. Auflage August 1990
8. Auflage Januar 1991
9. Auflage Juni 1991
10. Auflage April 1992
11. Auflage Mai 1993
12. Auflage April 1994

Titelillustration: Anthea Fritsch.
Herstellung: J. F. Steinkopf Druck + Buch GmbH, Stuttgart.

ISBN 3-922028-15-2

Inhalt

Erster Teil

In sehr alten Zeiten, als das Leben der Menschen noch voller Geheimnis und Zauber war, gab es in einem Land im fernen Osten ein Zauberbuch. Dieses Buch hatte ein Mann geschrieben, den alle, die ihn kannten, sehr verehrten. Es hieß, er habe die Weisheit des Lebens gefunden und sie in ein Buch geschrieben, damit sie nicht verlorengehe.

Eines Tages starb dieser Weise. Er hatte nicht viel besessen. Die Menschen, die ihn aus seiner bescheidenen Hütte im Wald trugen, um seine sterbliche Hülle dem Feuer zu übergeben, fanden auf dem Tisch neben seinem Bett ein einfaches, weiß eingebundenes Buch – eines von der Art, in die viele Menschen ihre Gedanken, Träume und Erlebnisse schreiben.

Auf diesem Buch lag ein Zettel, und darauf ruhte ein Kieselstein, damit ihn kein Windstoß davonwehen konnte. Die sieben engsten Freunde des Verstorbenen vermuteten eine letzte Botschaft – und einer von ihnen nahm den Kieselstein und den Zettel in die Hand und las den anderen vor, was darauf geschrieben stand:

„In diesem Buch habe ich die Wahrheit des Lebens aufgezeichnet – so wie ich sie erkannt habe. Die Ursachen der Sehnsucht, das Wesen der Liebe, den Weg zum Glück, das Geheimnis der Weisheit – all dies ist in dem Buch enthalten. Und noch mehr: Ich habe den Zauber meines Wissens auf dieses Buch übertragen – und dadurch ist es ein Zauberbuch geworden. Es hat nun ein eigenes Leben. Und es ist in der Lage, sich gegen Mißbrauch zu schützen, damit es nicht in falsche Hände gerät. Es ist ein wertvoller Schatz – aber nur für Menschen, die es mit den Augen eines reinen und liebevollen Herzens lesen. Für gewissenlose Geschäftemacher, für Heuchler und für Machtgierige wird es wie die Berührung mit dem Feuer sein. Euer Freund“

Langes Schweigen folgte diesen Worten. Jeder hing eigenen Gedanken nach – bis schließlich der Älteste sich räusperte und einen Vorschlag machte: „Wir werden dieses Buch behandeln wie den kostbarsten Schatz der Welt und es auf den Altar des Tempels legen, den wir zum Gedenken an den Verstorbenen errichten wollen. Bis dahin will ich es in meinem Haus aufbewahren."

Der Älteste schaute in die Runde, und als alle Gesichter Zustimmung ausdrückten, legte er Zettel und Kieselstein behutsam auf das Zauberbuch zurück und sagte: „Doch erst laßt uns seine sterbliche Hülle den Flammen übergeben, wie es sein Wunsch war."

Sie hoben den Leichnam vom Bett, trugen ihn mit weinenden Augen aus der Hütte und legten ihn auf die blumenbekränzte Bahre vor der Tür.

Nachdem sie den Körper des Weisen dem Feuer anvertraut hatten, kehrten sie zurück zu der Holzhütte, in der er die letzten Jahre seines Lebens zurückgezogen und fern von den großen Städten des Landes gelebt hatte.

Sie küßten das Bett, in dem er geschlafen hatte. Dann nahm der Älteste das weiße Buch an sich, wickelte es vorsichtig in die Decke, die sich der Weise an kühlen Abenden um die Schultern gelegt hatte, und die sieben Jünger verließen schweigend die Hütte. Sie gingen auf Wegen, die nur sie kannten, bis sie den Waldrand erreichten und in der Ferne die Häuser der Stadt sahen.

Einen Moment lang wurden sie alle von einem Zögern befallen, als wolle sie etwas daran hindern, das Buch des Weisen aus dem großen Wald in die Stadt zu tragen. Vor allem der Träger des Buches wurde plötzlich von einer inneren Unruhe ergriffen. Doch sie verzog sich ganz schnell wieder wie vom Wind getriebene Regenwolken, deren Schatten auf ihre Herzen gefallen waren. „Wenn er nicht gewollt hätte, daß wir sein Buch in die Welt hinaustragen, hätte er es nicht geschrieben", sagte er.

„Er hätte es auch auf dem Zettel vermerkt, wenn er es nicht so gewollt hätte“, sagte ein anderer.

„Gehen wir zurück zu unseren Häusern“, entschied der Älteste. „Laßt uns einen Tempel bauen aus Dank, Freunde des Weisen gewesen zu sein. Laßt uns einen Halbkreis von Kerzen auf den Altar stellen und das Buch davor legen, damit jeder darin lesen möge, der es zu lesen versteht.“

Die drei Frauen und die drei Männer nickten und folgten dem Ältesten, der das Buch vorsichtig, wie etwas Lebendiges, in seinen Händen hielt.

Der Weise im Wald war zeitlebens ein bescheidener Mann gewesen, und so beschlossen seine Jünger, zu seinem Gedenken einen kleinen, einfachen Tempel zu errichten, obwohl die Mittel ausgereicht hätten, eine imposante und kostspielige Gedenkstätte zu bauen, denn der Älteste war einer der reichsten Männer der Stadt. Ihm gehörte ein prächtiges Haus mit einem weitläufigen Garten, in dem herrliche Baumriesen in den Himmel ragten. Ein Hügel in dieser wilden Parklandschaft sollte den Tempel tragen. Klein sollte er sein und schlicht, doch die sieben Freunde des Weisen ließen es sich nicht nehmen, ihn aus weißem Marmor bauen zu lassen – von dem besten Baumeister und den begabtesten Handwerkern weit und breit.

Und so wirkte der Tempel schließlich wie eine weiße Perle in dem üppigen Grün des Parks, deren schlichte Schönheit jeden in Bann zog, der sie erblickte. Daher war es am Anfang die vollendete Anmut des kleinen Bauwerks, die Schaulustige aus allen Vierteln der Stadt anzog. Sie alle traten näher und lasen, was in die weiße Marmortafel vor dem Eingang gemeißelt war:

„Dieser Tempel wurde errichtet zur Erinnerung an einen weisen Mann, der die Abgeschiedenheit liebte, doch keinen wahrhaft Suchenden zurückwies. Kurz vor seinem Tod

schenkte er den Menschen ein Buch, auf das er sein Wissen übertrug. Es enthält die Weisheit des Lebens – doch seine Botschaft kann nur empfangen und verstehen, wer es mit den Augen eines reinen und liebevollen Herzens liest. Dieses Buch liegt auf dem Altar im Inneren des Tempels. Sei willkommen, Wahrheitssucher, wenn Deine Absicht edel und Dein Herz frei von Berechnung und Gier ist. Sei gewarnt, Leser dieser Worte, wenn unlautere Pläne Dein Handeln bestimmen – denn das Zauberbuch weiß seinen Schatz zu hüten. Und bedenke: Du darfst diesen Tempel nur einmal in Deinem Leben betreten."

Diese Worte auf der Marmortafel hatten die sieben Freunde des Weisen als Ergebnis eines langen und angeregten Gespräches gemeinsam festgelegt. In einem Punkt waren die Meinungen unter ihnen allerdings auseinandergegangen: Drei von ihnen vertraten den Standpunkt, daß jeder Suchende die Möglichkeit haben solle, den Tempel so oft zu betreten, wie es ihn danach verlange. Drei andere befürchteten, daß dadurch die Wartezeiten für die Tempelbesucher, welche sie in großer Zahl erhofften, zu lang werden könnten – zumal viele Menschen es sich nicht leisten konnten, alles stehen und liegen zu lassen, um vielleicht tagelang in einer Schlange von Wahrheitssuchenden auszuharren.

Makunda, der Älteste, der dem Gespräch aufmerksam und nachdenklich zugehört hatte, ergriff schließlich das Wort: „Da wir die Zahl der Suchenden nicht abschätzen können, sollten wir jedem, auch solchen, die von weit her kommen, die Möglichkeit geben, in dem Zauberbuch zu lesen. Ich fürchte jedoch, daß viele wieder abreisen, weil sie zu lange warten müssen. So sollten wir bestimmen, daß jeder Pilger nur ein einziges Mal – aber dafür ungestört und solange es ihm nötig erscheint – in den Tempel gehen darf. In einem Jahr werden wir absehen können, ob diese Über-

legung richtig war. Dann sollten wir sie noch einmal überdenken." Diesem Vorschlag Makundas schlossen sich die anderen schließlich einmütig an.

Sie beschlossen, sich täglich beim Tempeldienst abzuwechseln. Jeder von ihnen sollte einmal in der Woche darauf achten, daß die Kerzen im Halbkreis um das Zauberbuch auf dem Altar brannten, daß immer nur ein Pilger den Tempel betrat – und der nächste erst eingelassen wurde, wenn der vorige den Tempel verlassen hatte. Denn sie sagten sich, daß ein Mensch nur dann die Möglichkeit habe, die Botschaft des Weisen zu empfangen, wenn er ganz allein mit dem Zauberbuch im Tempel war. Sie beschlossen auch, den Tempel bei Sonnenaufgang zu öffnen und bei Sonnenuntergang zu verschließen.

Es dauerte nicht lange, bis die ersten Schaulustigen ihr Erstaunen und ihre anfängliche Scheu überwunden hatten und einer von ihnen, ein Mann um die fünfzig, hervortrat und zu dem Ältesten der Sieben sprach: „Ich habe mein ganzes Leben lang die Wahrheit gesucht – mal mehr, mal weniger. Man hat ja auch andere Dinge zu tun, nicht wahr?" rief er und wandte sich der Gruppe von Neugierigen zu, die immer größer wurde. Einige von ihnen lachten. „Aber trotzdem bin ich nach wie vor auf der Suche nach der Wahrheit, auch wenn mein Schritt vielleicht etwas langsamer geworden ist. Also werde ich in den Tempel gehen und das Buch aufschlagen!"

„Niemand hindert dich daran", sagte der Älteste.

Jasumo, ein angesehener Bürger der Stadt, zog seine Schuhe aus, ging die sieben Stufen hoch, die zur Tür des Tempels führten und betrat das Innere.

Mittlerweile hatten sich auf dem Platz vor dem weißen Gebäude immer mehr Neugierige eingefunden.

„Wie lange mag er wohl drinnen bleiben?" fragte eine junge Frau.

„Das mag schon ein paar Stunden dauern, bis man ein Buch gelesen hat. Vielleicht sogar einen ganzen Tag, wenn es ein dickes Buch ist", antwortete ein Mann, der neben ihr stand. Und um der Frau noch mehr zu imponieren, rief er Makunda zu: „Sag', wie lange mag es dauern, bis einer dieses Zauberbuch gelesen hat? Eine Stunde? Zwei? Sag', wie lange müssen wir warten?"

Makunda, der in einem schön gearbeiteten Sessel aus Korbgeflecht neben dem Tempeleingang saß, zuckte mit den Achseln und sprach: „Ich weiß es ebensowenig wie du. Ihr müßt schon geduldig sein. Der Mann im Tempel darf so lange allein mit dem Buch sein, wie es das Schicksal will. Ich sorge dafür, daß er ungestört bleibt, so wie ich es für jeden Suchenden tun werde."

Der alte Makunda hatte diese Worte kaum gesagt, als der erste Besucher des Tempels auch schon wieder erschien. Er trat langsam mit leicht gesenktem Kopf aus der Tür und sah sehr nachdenklich aus.

Die Stimmen der Schaulustigen waren bei seinem Anblick verstummt, und alle schauten Jasumo, den Tuchhändler, wie gebannt an, als könnten sie an seiner Haltung und seinem Gesichtsausdruck erkennen, was ihm im Tempel geschehen war.

Jasumo schritt langsam die sieben Treppenstufen aus weißem Marmor hinab, und es schien so, als bemerke er die vielen Menschen überhaupt nicht, die ihn anstarrten.

Eine ältere Frau brach das gespannte Schweigen, indem sie rief: „Jasumo, was ist passiert? Erzähle! Du gingst so heiter hinein und kommst so nachdenklich heraus! Und du bliebst nur so kurz, nur ein paar Minuten. Ist das Buch so dünn?" Jasumo blieb stehen, blickte sich um und sah aus, als erwache er gerade aus einem Traum. Er rieb sich die Augen. „Na, Jasumo, erzähl' schon! Bist doch sonst nicht auf den Mund gefallen", hakte die Alte nach.

Doch Jasumo, der Tuchhändler, schüttelte ganz langsam seinen Kopf und ging wortlos an den Menschen vorbei, ohne sie eines Blickes zu würdigen.

„Er ist verrückt geworden", sagte die Alte, als er außer Hörweite war. „Das ist nicht mehr der alte Jasumo."

„Er kann jetzt nicht reden", widersprach ein junger Mann. „Er hat in dem Tempel etwas erlebt, das ihm sehr naheging, und nun ist er ganz damit beschäftigt."

Auf diese Worte hin erklang beifälliges Gemurmel.

„Wenn niemand etwas dagegen hat, gehe ich als nächster", sagte der junge Mann. Er war der Sohn des Arztes Kinaban, Deewon mit Namen. Er schaute in die Runde, doch kein Widerspruch erhob sich: Diese Sache war anscheinend nicht ganz ungefährlich, wie die seltsame Veränderung des Tuchhändlers gezeigt hatte – obwohl er nur ein paar Minuten im Tempel gewesen war. Da war es ratsam, erst einmal abzuwarten, wie es Ungeduldigeren erging, ehe man das eigene Seelenheil aufs Spiel setzte – für einen ungewissen Gewinn.

Deewon trat hervor, zog die Schuhe aus und stieg die Stufen zu dem Kuppelbau empor. Er verneigte sich vor Makunda, der in seinem Korbsessel voller Anmut und innerer Harmonie saß und den jungen Mann freundlich anlächelte. Dann öffnete er die Tür und betrat den Tempel. Die halbkugelförmige Gedenkstätte war von innen genauso weiß wie von außen. Die Wände, der Boden, der Altar – alles war aus weißem Marmor, der im Schein der vielen Kerzen, die im Halbkreis auf dem einfachen Altar brannten, allerdings anders wirkte als draußen im Sonnenlicht – feierlicher, erhabener.

Deewon ging behutsam die wenigen Schritte zum Altar in der Mitte des Tempels, durch dessen Fenster nur ein Hauch des Tageslichtes schimmerte. Hätten nicht die Kerzen gebrannt, die das Buch auf dem Altar umrahmten, wäre es kaum möglich gewesen zu lesen.

Deewon atmete tief ein und aus, schloß die Augen und sammelte sich. Es war ganz still, und eine geheimnisvolle Atmosphäre erfüllte das Tempelinnere. Er wußte, daß er nur einmal in seinem Leben den Tempel betreten und das Buch aufschlagen durfte, das vor ihm im Lichterglanz schlanker weißer Kerzen lag. Er konzentrierte sich so lange, bis er spürte, daß er innerlich ganz ruhig und wach war: Wie ein See, von keinem Wind gekräuselt, ruhte sein Wesen.

Seit er denken und fühlen konnte, hatte Deewon wissen wollen, was hinter den Dingen verborgen war. Schon als Kind hatte er sich nicht mit halben Erklärungen und Vertröstungen zufriedengegeben. Immer wollte er alles ganz genau wissen – und so waren sich seine Eltern bald darüber im klaren, daß ihr Sohn zu einem vielleicht bedeutenden Forscher und Wissenschaftler berufen war. Sie stillten seinen unermüdlichen Wissensdurst, sooft ihre Zeit und Kraft es ihnen erlaubten.

Schon im Alter von acht Jahren begann Deewon damit, sich heimlich Bücher aus der großen Bibliothek seines Vaters zu holen und darin zu lesen, für die sich andere erst zehn Jahre später interessierten. Im Alter von neunzehn Jahren hatte er das Wissen eines Professors und war der beste Student an der Universität. Niemand zweifelte daran, daß einmal etwas ganz Großes aus ihm werden würde.

Und nun stand er, aufgeregt, als sei es das erste Werk, dem er begegnete, vor dem Altar und fühlte sich bereit, das unscheinbar aussehende weiße Buch zu öffnen. Wie sehr hoffte er, in ihm das zu finden, was er in den Tausenden von Büchern, die er bereits gelesen hatte, vergeblich gesucht hatte: die ganze, klare, überzeugende Wahrheit! Nicht nur eines ihrer so vielen Gesichter. Die Wahrheit, die alle Fragen verstummen ließ durch das Licht ihrer Kraft.

„Oh bitte, gib mir die Wahrheit, die mich zufrieden macht, die meiner quälenden Suche und Wissensgier ein Ende setzt! Denn mir ist schon so lange, als ginge ich im Kreis und sähe nicht mehr als ein Blinder in der Nacht."

Mit diesen leidenschaftlich geflüsterten Worten näherte sich Deewons Hand dem Zauberbuch, dessen weißer Einband sich kühl und glatt anfühlte. Nichts stand darauf. Er merkte, daß seine Hand zitterte, als er die erste Seite aufschlug. Deewon hielt den Atem an. Die erste Seite war leer. Er blätterte um. Die zweite Seite war auch leer! Deewon runzelte die Stirn und zog ein befremdetes Gesicht. Er blätterte erneut um und strengte seine Augen an. Auch die nächste und übernächste Seite waren unbeschrieben.

„Was soll das – ein leeres Buch?" murmelte der Student erregt vor sich hin. „Ist das ein Scherz des Alten, mit dem er sich über andere lustig machen will?"

Er blätterte weiter und zuckte zusammen. Auf der letzten Seite stand in großen Lettern zu lesen:

Wozu beschriebene Seiten,
wenn die Wahrheit sich
mit geschlossenen Augen
erkennen läßt?

Deewon schloß die Augen. Die Kerzen auf dem Altar erhellten das Dunkel unter seinen Augenlidern. Und einen Moment – oder war es eine Stunde – stockte das nimmermüde Denken in ihm, und er bewunderte das Licht, das er mit geschlossenen Augen sah.

Ein Lächeln wuchs auf seinen Lippen, und lächelnd ging er wie auf einer Wolke schwebend aus dem Tempel ins Freie, wo an die hundert Augenpaare ihn anschauten, um aus seinem Gesicht etwas über das Zauberbuch lesen zu können.

„Er sieht glücklich aus, der neunmalkluge Deewon", flüsterte eine Frau ihrer Freundin ins Ohr.

„Ich wußte gar nicht, daß der auch lächeln kann", flüsterte die Freundin zurück.

„Sag' du uns, Deewon, ist es wirklich ein Zauberbuch?" rief eine heisere Männerstimme über die Köpfe der Menge hinweg.

Deewon hob das Haupt. Sein Lächeln wurde noch inniger, als er sagte: „Für mich war es das."

Mit entrücktem Blick ging er an den Wartenden vorbei. Und alle, die sein Gesicht sahen, fühlten sich tief berührt von dem stillen Glück, das es ausstrahlte.

Mikura war es, die den Bann des Schweigens brach, den Deewons wundersame Verwandlung auf die Menge gelegt hatte. Sie erhob ihre Stimme und rief: „Da nun bereits zwei Männer im Tempel waren, ist es wohl nur recht und billig, wenn ihn jetzt eine Frau betritt!"

Sofort richteten sich alle Blicke auf die Schönheit in dem langen schwarzen Kleid, die sich aus der Menschenansammlung löste und mit anmutigen Schritten auf die Tempelstufen zuging. Begehren und Bewunderung glänzten in den Augen der Männer, Neid verdunkelte die Blicke der Frauen, denn Mikura war die Schönste der Stadt, vielleicht sogar des ganzen Landes. Ihre Mutter war gestorben, als sie noch ein Kind war, und ihr Vater, ein reicher Juwelier, hatte sie verwöhnt und auf Händen getragen, denn seine Tochter war das wertvollste Schmuckstück, das seine Augen je gesehen hatten. Das sanft gewellte, üppige Haar fiel ihr bis über die Taille. Sie bewegte sich mit der Geschmeidigkeit einer Wildkatze. Wer einmal ihr Gesicht gesehen hatte, konnte es nicht mehr vergessen. Diese großen kastanienbraunen Augen, deren Blick tief wie ein Traum sein konnte, diese sanft geschwungenen Brauen auf einer edlen Stirn, die perfekt geformten Wangen – und dann die kirschroten, vollen Lippen, die in jedem Mann den kaum zu bändigenden Wunsch erweckten, sie auf der Stelle zu küssen. So war sie die meistbegehrte Frau weit und breit. Und die Zahl der Männer, die ihre Liebe zu gewinnen versucht hatten, war so groß wie die Zahl der Muscheln am Strand. Doch keinen von ihnen hatte sie für würdig befunden, das Nachtlager mit ihr zu teilen. Unnahbar und kaltherzig sei sie, erzählten die von ihr Verschmähten, außen ein Engel, innen ein unverschämtes, verzogenes Mädchen.

Mikuras Vater war es recht so, denn seine Tochter war sein Augenstern, der wichtigste Lebensinhalt nach dem Tode seiner geliebten Frau. Seine größte Angst war, daß sie ihn eines Tages verlassen könne, um einem Mann zu folgen – einem, der ihre Liebe zu erwecken verstand. Doch es sah ganz danach aus, als zöge sie das luxuriöse Leben an der Seite ihres Vaters, umgeben von Zofen und Dienern, jeder anderen Lebensführung vor. Denn manchen der Männer, die um sie warben, fehlte es, weiß Gott, nicht an Tugenden und Vorzügen.

Mikura betrat die erste Stufe. Ihr Blick begegnete den Augen des Tempeldieners Makunda, und es schien ihr, als lese sie Mißfallen darin.

„Möchtest du nicht, daß ich den Tempel betrete?" fragte sie leise.

Makunda zögerte keinen Moment mit der Antwort. „Jeder darf den Tempel betreten", sagte er, „so steht es dort geschrieben." Und er wies auf die Marmortafel.

Mikura zögerte. Sie spürte, wie ihr plötzlich weich in den Knien wurde, als bekäme sie Angst vor ihrem eigenen Entschluß, das Tempelinnere zu betreten.

„Ich weiß aber nicht", bekannte sie, „ob ich wirklich die Wahrheit suche."

„Und was suchst du?" fragte Makunda mit ruhiger Stimme.

Mikura zuckte mit den Schultern.

„Ich weiß nicht. Vielleicht ... vielleicht mich selbst", stammelte sie und schaute den Alten aus ihren wunderschönen Augen ratsuchend an.

Doch der schüttelte langsam, aber entschieden den Kopf und sagte: „Ich kann dir nicht die Verantwortung für deine Entscheidung abnehmen. Ich bin nur der Tempeldiener."

Mikura preßte die Lippen aufeinander und gab sich einen Ruck. In vollendeter Haltung stieg sie die Stufen empor, schwarz gekleidet von Kopf bis Fuß, schwarz das Haar.

Und sie trat in das Innere des weißen Tempels.

In der Stille der Marmorkuppel hörte Mikura ihr Herz bis zum Hals schlagen. Ihre Handflächen waren feucht. Die schöne Frau wunderte sich über sich selbst. War sie nicht immer die Gelassenheit in Person, die selbst dann ihre Fassung bewahrte, wenn alles um sie herum aufgeregt wirbelte und schnatterte? Nicht einmal der Heiratsantrag von Togato, dem galanten Sohn und Alleinerben des reichsten Kaufmannes weit und breit, war für sie ein Grund zur Aufregung gewesen.

Doch dieses kleine weiße Buch, das wenige Schritte vor ihr auf dem Altar lag, versetzte sie in eine Erregung, die sie weder verstehen noch abschütteln konnte. Ergeht es vielen Frauen nicht so ähnlich, wenn sie verliebt sind und sich ihrem Angebeteten nähern? Mikura hatte dieses Gefühl noch nie erlebt, nur von ihren Zofen dann und wann davon gehört. Sie schüttelte den Kopf über sich selbst, atmete tief ein und ging zum Altar. Das Buch glänzte im Kerzenschein. Mikura nahm es in die Hand und schlug die letzte Seite auf. So tat sie es immer bei Büchern – sie wollte wissen, wie sie endeten, und wenn ihr der Schluß gefiel, las sie es vielleicht von Anfang an.

Auf der letzten Seite fand Mikura die Worte:

> *Dieses Buch hat kein Ende.*
> *Und es hat keinen Anfang,*
> *wie der Tod nicht das Ende des Lebens*
> *und die Geburt nicht sein Anfang ist.*

Mikura wunderte sich über diese Worte. Sie hob das Buch vor ihr Gesicht. Es roch nach Papier.

Ein ganz normales Buch, dachte sie, in das jemand seine seltsamen Gedanken geschrieben hat. Und nun wird es verehrt wie ein Heiligtum! Ebenso könnte es eine Elfenbeinfigur oder ein Bildnis sein. Sind die Menschen doch dumm!

Mikuras Aufregung legte sich. Mit ruhiger Hand schlug sie das Buch in der Mitte auf.

Ihr Blick fiel zuerst auf die linke Seite. Dort stand:

Urteile schnell über Dinge,
die Du nicht verstehst.
Kleide Deine Unwissenheit
in Überheblichkeit.
Fasse Dein Unverständnis in treffende Worte –
und Du kannst die ganze Welt überzeugen,
nur Deine eigene Seele nicht.

Mikura las diese Worte ein zweites Mal, und plötzlich war es ihr, als berührten sie einen wunden Punkt tief in ihrem Inneren. Und weil diese Berührung ihr ebenso weh wie gut tat, wandte sie ihren Blick der rechten Seite zu:

Nicht zu verachten
ist die Schönheit des Körpers.
Doch sie ist dem Gesetz
des Blühens und Verwelkens unterworfen.
Baue auf sie – und Du wirst tief fallen.

Mikura erschrak. Wieder berührten die Worte des Buches einen empfindlichen Punkt in ihr, und wieder fühlte sie diesen Schmerz, aber auch eine drängende Sehnsucht, die sie zum Weiterlesen zwang.

Bleibende Schönheit beginnt
unter der Haut und steht über der Zeit.
Ihr Wesen ist ewige Blüte,
immerwährender Duft.

Mikura schüttelte unwillig den Kopf: Bleibende Schönheit – so ein Unfug! Es gibt keine bleibende Schönheit. Menschen werden geboren und müssen sterben. Manche sind schön, andere häßlich; manche reich, andere arm; manche gesund, andere krank; manche leben gut, andere erbärmlich. Doch alles endet auf dem Friedhof.

Das kann nur das Werk eines Spinners sein, nicht das eines Weisen!

Sie legte das Buch unsanft auf den Altar zurück. Die Kerzen flackerten. Halb hatte die Frau sich schon zur Tür gewandt, als etwas in ihr sie bewegte, das weiße Buch noch einmal in die Hand zu nehmen und wahllos aufzuschlagen.

Die linke Seite war – wie die beiden zuvor – zum Teil mit handgeschriebenen Buchstaben gefüllt. Die rechte Seite bestand aus hauchdünnem Spiegelglas, in dem Mikura ihr eigenes Gesicht sah. Sie schaute es eine Weile an und fand darin Verärgerung, Enttäuschung, aber auch etwas Verwirrung und – Neugier. Ihr Blick glitt auf die linke Seite, und sie las:

Schau in den Spiegel.
Schau Dir ins Gesicht,
bevor Du weiterliest,
sonst verstehst Du nicht.

Zögernd folgte die schöne Frau dieser Aufforderung und schaute ein zweites Mal in das Spiegelglas. Ihre kastanienbraunen Augen leuchteten geheimnisvoll im Kerzenlicht, und Mikura vertiefte sich in ihren eigenen Anblick, wie sie es so oft tat, wenn sie allein in ihrem Lieblingszimmer vor dem großen Spiegel saß. Dann schloß sie immer die Tür ab, war für niemanden zu sprechen und schaute sich stundenlang ins Gesicht und in die Augen. Und wenn sie dann wieder die Tür öffnete und eine ihrer Dienerinnen nach Saft und Früchten schickte, spürte sie jedes Mal aufs neue, daß es nur einen Menschen gab, der sie faszinierte und den sie liebte: sich selbst.

Es wunderte sie nur, daß sie dabei nicht so recht glücklich wurde und manchmal ihre Dienerinnen fast beneidete, wenn sie in irgendwelche dahergelaufenen Langweiler verliebt waren und mit strahlenden Augen in ihr Zimmer kamen. Doch wenn sie dann die Männer sah, derentwegen ihre Zofen so leuchtende Augen hatten, konnte sie nur den Kopf schütteln über so viel Anspruchslosigkeit.

Mikura schaute sich in die Augen, und die Zeit blieb stehen in der weißen Marmorkuppel. Sie genoß den Zauber ihres Blickes und die Schönheit ihres Gesichtes, das alle Männer vor Begehren schwach und willenlos machte, und in ihrem Herzen wuchs der Stolz auf ihre Schönheit.

Dann geschah etwas Unerwartetes: Ihr Gesicht begann sich zu verändern – erst kaum wahrnehmbar, dann deutlich und immer schneller. Es begann zu altern, zu welken, rasend schnell zu verwelken. Soeben noch das Antlitz einer wunderschönen Frau in der Blüte ihres Zaubers, war es jetzt schon das Gesicht einer reiferen Dame mit Fältchen unter den Augen und um die Mundwinkel. Mikura unterdrückte einen Schrei des Entsetzens, als auch dieses Gesicht weiter verwelkte und immer faltiger wurde, bis ihr eine Greisin mit großen Zahnlücken, fleckiger, zerfurchter Gesichtshaut und stumpfen, leeren Augen aus dem Spiegel entgegenstarrte, in der sie sich selbst erkannte.

Mein Gott, wenn sie eines Tages so aussehen sollte – was hätte sie dann noch vom Leben? Da wäre es doch besser zu sterben, solange ihr Spiegelbild noch ansehnlich ist. Was ist das nur für ein verhexter Spiegel? Was ist das für ein Buch?

Doch der Alterungsprozeß ihres Gesichtes ging weiter – über ihren Tod hinaus, wie sie mit Grauen feststellte. Der Anblick war so häßlich, so ekelerregend und demütigend, daß sie die Augen schließen mußte. Ihr Herz raste, ihr

Atem ging schnell und keuchend. Am liebsten hätte sie das Buch auf der Stelle fallen lassen und wäre ins Freie gerannt, in den warmen Sonnenschein hinaus, um diesem Spuk ein Ende zu machen. Doch etwas hielt sie zurück, etwas, das ihr den Mut gab, die Augen noch einmal zu öffnen und in den Spiegel zu schauen.

Es war ein Totenkopf, der sie anstarrte! Ihr eigener Totenschädel – mit zwei schwarzen Löchern anstelle ihrer wunderschönen Augen. Und sie erkannte: Der Spiegel zeigte die Wahrheit, der sie früher oder später ohnehin ins Gesicht blicken mußte. Doch diese Wahrheit war mehr, als sie ertragen konnte – sie war erbarmungslos und grausam.

Aus Mikuras Augen flossen Tränen tiefster Erschütterung auf das Spiegelglas. Als die erste Träne das Glas berührte, sah sie augenblicklich wieder ihr Gesicht, wie es war: jung, schön, aber auch entsetzt, aufgelöst, weinend.

Wie viele Jahre waren vergangen, seit sie zuletzt geweint hatte? War es nicht fast zwanzig Jahre her – beim Tod ihrer Mutter? Damals hatte sie tagelang geweint – und seitdem nie wieder. Durch den Schleier ihrer Tränen suchte sie die Schrift auf der linken Seite des Buches in ihrer Hand. Und die Worte, denen sie dort begegnete, drangen tief in ihr Herz:

Der Mensch ist nicht das Haus,
in dem er wohnt.
Die Seele ist nicht der Körper,
in dem sie wohnt.
Das Haus zerfällt,
der Körper verwelkt –
doch die Seele blüht
zu immer größerer Schönheit auf,
wenn ihr Sinn erkannt wird.
Denn sie ist nicht von dieser Welt
und nicht von dieser Zeit.
Ihre Erbschaft heißt Unsterblichkeit.

Mit zitternden Händen legte Mikura das Buch auf den Altar zurück und ging unsicheren Schrittes auf die Tür zu. Sie öffnete sie und trat mit verweintem Gesicht, in dem die Augenschminke zerflossen war und dunkle Streifen auf ihren Wangen hinterlassen hatte, ins Freie. Das Sonnenlicht blendete sie so sehr, daß sie eine der sieben Marmorstufen verfehlte und stürzte.

Kein Mann wagte es, der Unnahbaren zu helfen. Und in den Blicken der Frauen blitzte Schadenfreude über die Ungeschicklichkeit der sonst so souveränen und eleganten Dame auf.

Da lief Talo, der Sohn eines einfachen Schneiders, auf Mikura zu, beugte sich zu ihr hinunter, nahm sie beim Arm und half ihr auf die Beine.

Groß war die Verwunderung der Menge, als Mikura den kaum siebzehnjährigen Jungen in seinen billigen Kleidern nicht anfuhr oder wegstieß, sondern sich sogar von ihm helfen ließ.

„Hast du dir weh getan?" fragte Talo mit besorgter Miene.

Mikura schaute ihn an. Sein Mitgefühl berührte sie, und es war eine Berührung, die so gut tat.

„Es geht", sagte sie mit schwacher Stimme, „ich bin wohl ein bißchen unsicher auf meinen Beinen."

„Darf ich dich zu deinem Haus begleiten?" erbot sich der Schneidersohn.

„Ja, das wäre lieb von dir", antwortete Mikura und schenkte dem Jungen, für den sie nie einen Blick übrig gehabt hatte, ein dankbares Lächeln.

Die wartende Menge sah dem Schneidersohn, der die stolze, unnahbare Mikura behutsam am Oberarm führte, ungläubig und verdutzt hinterher. Was mußte sich im Tempel zugetragen haben, daß sich diese Frau, die hohe Edelmänner verschmähte, von einem armen Schneidersöhnchen in aller Öffentlichkeit so vertraulich begleiten ließ?

Ein aufgeregtes Geschnatter setzte ein, sobald dieses ungleiche Paar außer Hörweite war. Manche verstanden die Welt nicht mehr, andere glaubten, es ginge in jenem Tempel nicht mit rechten Dingen zu.

Drei Suchende hatten ihn bisher betreten und waren seltsam verwandelt herausgekommen. Und ihre überraschenden Verwandlungen erzeugten mehr Angst, Unsicherheit und Mißtrauen als Neugier und Sehnsucht. Irgendein unberechenbarer Zauber herrschte in dem weißen Tempel. Vielleicht war er gut, vielleicht aber auch gefährlich? Die Menge erging sich in langen Diskussionen und Spekulationen – doch niemand mehr hatte an diesem Tag den Mut, den Tempel zu betreten.

So erhob sich der alte Makunda, als die Sonne untergegangen war, aus seinem Korbsessel und ging in den Tempel. Nach einer Weile erschien er wieder, verschloß die schwere Eingangstür und wandte sich der Menge zu: „Morgen bei Sonnenaufgang wird der Tempel wieder geöffnet. Satusa wird meinen Platz einnehmen. Sie war eine Freundin des Weisen, dessen Buch wir im Tempel aufbewahren. Nun geht und erzählt allen, denen ihr begegnet, von dem Buch der Wahrheit. Denn jeder, der nach höchster Erkenntnis sucht, soll davon erfahren."

Mit diesen Worten verneigte sich Makunda vor der Menge, und die Menge verneigte sich ehrfürchtig vor dem Alten.

In Makundas großem Haus trafen sich die sieben Jünger des Weisen später vor dem Kamin. Er hatte den anderen berichtet, was vorgefallen war. Satusa, die am nächsten Tag Tempeldienerin sein sollte, sprach aus, was alle dachten: „Nun wissen wir, jenseits aller Zweifel, daß tatsächlich Zauber von dem Buch des Weisen ausgeht, so wie es auf seinem Zettel stand. Hoffen wir, daß es für alle, die ihm begegnen, ein Segen sein wird. Denn für manche mag die

Wahrheit ein Licht sein, das sie blendet. Auch das Heilende kann ein Gift sein, das nicht jeder verträgt."

Makunda hob die Handflächen, und sein Blick schien durch Mauern dringen zu können, als er sagte: „Die Sonne schenkt Licht und Leben. Doch in der Wüste ist sie der Tod des Verdurstenden. Der Fluß spendet Trinkwasser und Abkühlung. Doch dem Ertrinkenden bedeutet er die ganze Grausamkeit der Welt. Das Feuer spendet uns Wärme und Behaglichkeit an kalten Tagen. Doch für den Wanderer, der von einem Waldbrand überrascht wird, scheint es der Atem der Hölle zu sein."

Nach Makundas Worten war es still im Zimmer, und die sieben Schüler des Weisen schauten noch lange schweigend und versonnen in das Kaminfeuer.

Im ersten Dämmerlicht des anbrechenden Tages machte Satusa sich auf den Weg zum weißen Tempel, um die Tür für die Wahrheitssuchenden zu öffnen.

Auf der Wiese vor dem kleinen Kuppelbau lag ein Mensch in Decken eingekuschelt und schien zu schlafen. Bei näherem Hinsehen erkannte Satusa in ihm den Schneidersohn Talo.

Leise, um den Schlafenden nicht zu wecken, stieg die Tempeldienerin die Stufen zu der Tür empor, schloß sie behutsam auf und trat geräuschlos ein. Sachte führte sie die Tür hinter sich zurück ins Schloß.

Satusa entflammte ein langes Streichholz und ging damit langsam zum Altar des Zauberbuches, wo sie eine Kerze nach der anderen anzündete, bis das Buch des Weisen im Licht der kleinen Flammen glänzte.

Ehrfürchtig berührten Satusas Fingerspitzen den Einband des Buches, und dabei war ihr, als hätte sie etwas Lebendiges berührt, denn in ihren Fingern begann es sanft zu prickeln, und etwas bewegte ihr Gemüt.

Die junge Frau – sie war die jüngste Freundin des Weisen – schloß die Augen, und plötzlich sah sie das Gesicht des Mannes vor sich, den sie mehr als alles andere auf der Welt liebte und verehrte.

„Oh, Meister, du siehst mich an, als hätten wir deinen Körper gar nicht dem Feuer übergeben", flüsterte Satusa, von einem großen Gefühl der Freude erfüllt.

Und es war die Stimme des Wahrheitsfinders, die Satusa tief in ihrem eigenen Herzen antwortete: „Meinen Körper habt ihr dem Feuer übergeben, aber mein Wesen lebt. Es lebt in dir und in unseren Freunden und in dem Buch, das du berührst. Es ist bereit, allen Menschen Wahrheit zu schenken, die ihre Hand danach ausstrecken."

Satusa löste ihre Fingerspitzen vom Einband des Buches – und das Bild ihres Meisters begann zu verblassen. Erschrocken legte sie ihre Finger auf das Buch zurück – und das Gesicht des Weisen erschien wieder. Seine Augen strahlten, seine Lippen bewegten sich, als er sagte: „Ja, Satusa, du brauchst dieses Buch nur mit offenem Herzen zu berühren, und ich werde in dir sein und zu dir sprechen. Doch nun gehe vor den Tempel. Draußen steht schon jemand, der es kaum erwarten kann, mit mir in Berührung zu kommen. Noch ein Letztes: Es werden nicht nur Wahrheitssucher in den Tempel kommen, sondern auch Menschen, die weniger hohe Ziele verfolgen. Doch selbst sie suchen im Grunde ihres Herzens nach der Wahrheit, auch wenn sie es nicht wissen. Darum verwehrt niemandem den Eintritt, und sei es der niedrigste aller Menschen, der Einlaß begehrt."

„Ja, geliebter Meister", hörte Satusa sich flüstern.

Auf dem Gesicht des Weisen erschien ein gütiges, zufriedenes Lächeln. Dann verblaßte es.

Satusa öffnete ihre Augen und trat mit leichten Schritten vor den Tempel.

Vor der untersten Stufe stand Talo, der Schneidersohn. Er verneigte sich respektvoll, als er Satusa aus der Tempeltür kommen sah.

Sie erwiderte seinen Gruß und fragte: „Du hast vor dem Tempel geschlafen, um der erste zu sein?“

Talo schluckte und sagte: „Ich habe es in meinem Bett nicht ausgehalten. Es hat mich so sehr hierhergedrängt. Darum hab' ich meine Decken genommen und mich vor den Tempel gelegt. Und im Nu konnte ich schlafen.“

„Komm hoch“, sagte Satusa freundlich, „die Tür steht allen offen, die nach der Wahrheit suchen.“

Zögernd stieg Talo die Stufen empor, und als er vor Satusa stand, schluckte er ein zweites Mal und sagte: „Ob ich die Wahrheit suche, weiß ich nicht. Ich bin seit gestern nur so schrecklich durcheinander, weiß nicht mehr, wo oben und unten ist. Ich suche nur etwas Klarheit. Ob ich sie in dem Buch finde?“

Satusa lächelte. „Ich habe gehört, was gestern passiert ist“, sagte sie nach einer Weile. „Du hast der schönen Mikura auf die Beine geholfen, als sie hier auf der Treppe gestürzt war, und hast sie nach Hause gebracht.“

„Und“, sagte Talo mit zitternder Stimme, „sie hat mich eingeladen und mir Tee und süße Früchte angeboten, und sie hat zu mir gesprochen wie zu einem Freund. Die wunderschöne Mikura – zu mir! Zu mir! Und dann beim Abschied nahm sie dieses goldene Kettchen von ihrem Hals und legte es um meinen. Sie sagte, ich solle wieder zu ihr kommen! Mikura, die Adlige verschmäht, sagt zu mir, einem Nichts, ich solle bald wiederkommen. Sag', ist sie verrückt geworden? Spielt sie ein Spiel mit mir? Oder träume ich das alles nur?“

„Stell' diese Fragen dem Zauberbuch, Talo“, antwortete Satusa, „ich bin nur die Tempeldienerin.“

Talo biß sich auf die Unterlippe, warf Satusa einen letzten unsicheren, fragenden Blick zu – und ging in den Tempel.

Als Talos Blick auf das vom Kerzenschein beleuchtete Buch auf dem Altar fiel, wußte er sofort tief in seinem Herzen, daß es kein normales Buch war, sondern ein Schatz, der die kostbarsten Geheimnisse des Himmels und der Erde in sich barg. Ein Licht umgab das Buch, das nicht von den Kerzen stammen konnte, ein magisches Licht, das aus seinem Inneren zu leuchten schien.

Unwiderstehlich zog es den Schneiderjungen zu dem einfachen Altar. Nun, da er das Zauberbuch ganz nah vor seinen Augen sah, tat er, was sein Gefühl ihm sagte: Langsam senkte er den Kopf, und als seine Stirn den kühlen Einband berührte, schloß Talo die Augen und atmete tief ein. Dabei war es ihm, als atme er das innere Licht des Buches in sein Herz hinein, und dieses Gefühl machte ihn glücklich.

Aus seinem Gesicht wichen Aufregung und Unsicherheit – und ein breites, sonniges Lächeln der Verzückung ließ Talos Antlitz erstrahlen. Er spürte das Buch an seiner Stirn wärmer und wärmer werden. Und in seinem Inneren wurde es immer heller, bis Talo das Gefühl hatte, in einem Paradies zu sitzen, das er als den Kern seines eigenen Wesens empfand.

Als er spürte, wie Tränen der Dankbarkeit in seine Augen traten, nahm er die Stirn von dem Buch. Und er kniete vor den Altar und weinte vor Freude. Er fühlte sich so groß wie die ganze Welt, und von überall kam lächelndes Licht, um zu wärmen, zu liebkosen.

In seinem Glück vergaß Talo den Grund seines Kommens. Er dachte nicht an die Menschen draußen vor dem Tempel. Er konnte nicht mehr denken, nur noch Gefühl strömte in ihm.

Talo hätte nicht sagen können, wie lange er so vor dem Zauberbuch kniete. Waren es Minuten, waren es Stunden? Tiefes Glück kennt keine Zeit ... Niemals zuvor hatte Talo *sich so schön, so reich und selig gefühlt wie hier, allein mit dem Zauberbuch. Und er hatte es noch nicht einmal geöffnet! Er hatte nicht eine der vielen Fragen an das Buch gerichtet, die ihm so sehr auf der Seele gelegen hatten. Das Buch beantwortete sie alle auf einmal ohne ein einziges Wort. Es verwandelte Probleme in Lösungen, Verwirrung in Klarheit, Unsicherheit in Wissen, rastlose Gedanken in stilles Glück – einfach dadurch, daß es dort lag und strahlte – wie ein Licht aus einer anderen Welt, einer Welt der Harmonie, der Weisheit und der Liebe.*

Nach und nach zog es Talo wieder zurück in die Außenwelt. Ihm wurde bewußt, daß er wohl schon lange kniete, denn seine Beine waren eingeschlafen und fühlten sich an, als gehörten sie nicht mehr zu seinem Körper. Nur mit Mühe konnte er sie ausstrecken und spürte erleichtert, wie sein Blut schmerzhaft und prickelnd in sie zurückfloß.

Dann fiel sein Blick wieder auf das weiße Buch.

„Ich danke dir, Zauberbuch, ich danke dir tausend- und abertausendmal für alles, was du mir gegeben hast“, murmelte Talo, und seine leisen Worte klangen wie ein inniges Gebet. „Du hast mir mehr gegeben, als ich verdient habe, mehr, als ich verstehen kann. Du hast mich mit deinem Zauber berührt und mein Leben verwandelt. Wie kann ich dir je dafür danken?“

Nach diesen Worten erhob sich Talo.

„Mein Herz möchte ich dir schenken, meine Seele“, sagte er zu dem Buch, „denn ich habe nicht gelebt, bis dein Licht in mich fiel.“

Und plötzlich war es ihm, als brauche er nur das Buch aufzuschlagen, um zu erfahren, wie er ihm danken könne. Mit zitternder Hand und angehaltenem Atem öffnete er es – und sah zwei Menschen darin abgebildet. Auf der linken Seite stand die schöne Mikura in einem langen weißen Kleid und schaute lächelnd auf die rechte Seite, wo er, Talo, stand und ihr Lächeln erwiderte. Sie standen sich so sehn-

suchtsvoll gegenüber, als wollten sie gerade die Arme ausbreiten und aufeinander zulaufen, um sich einander in einer innigen Umarmung der Liebe zu schenken.

Und Talo verstand. Als Dank an das Zauberbuch sollte er sofort zu Mikura laufen und alles, was es ihm gegeben hatte, mit ihr teilen. Andächtig und voller Glückseligkeit schloß er das Buch, legte zum Abschied seine Stirn auf den nun wieder kühlen Einband und verließ dankbar und wie verzaubert den weißen Tempel.

Die vielen Neugierigen, die sich mittlerweile vor der weißen Kuppel versammelt hatten, sahen Talo mit entrücktem Lächeln die Stufen heruntereilen und in die Stadt laufen. Auf ihre Rufe und Fragen reagierte er nicht. Für ihn gab es ohnehin nur einen Menschen, der vielleicht verstehen konnte, was ihm in dem Tempel widerfahren war.

Vor Mikuras Haustür gönnte er sich ein paar Sekunden Erholung. Sein Herz klopfte laut. Er atmete tief durch und ließ die Haustürglocke erklingen.

Mikura selbst öffnete ihm. Als sie in Talos Augen sah, ging ihr ein fast schmerzhaft starkes Sehnen durchs ganze Gemüt, und eine Tür öffnete sich in ihrem Herzen, von deren Existenz Mikura bis dahin noch nichts gewußt hatte. Dieses Gefühl erschreckte und beglückte sie zugleich. Noch nie zuvor hatte sie sich so hilflos und dabei so voller Leben gefühlt wie in diesem Moment, als ihr Blick wie berauscht in Talos Augen tauchte, aus denen ein warmes Licht strahlte und tief in ihr Herz drang.

Unter den einundzwanzig Menschen, die an diesem zweiten Tag den Tempel betraten, war ein Geschäftsmann namens Rupur. Er handelte mit allem, was ihm Geld einbrachte – auch mit Waren, die auf zweifelhaften Wegen zu ihm gelangt sein mochten. Er hatte keinen allzu guten Ruf in der Stadt. Doch weil seine Waren sehr erlesen und wertvoll waren und allen viel Freude bereiteten, die sie kauften *oder damit beschenkt wurden, war Rupur als Bürger geachtet, obwohl kaum jemand seine nähere Bekanntschaft oder gar Freundschaft suchte.*

So ging ein überraschtes Raunen durch die vor dem weißen Kuppelbau versammelte Menge, als Rupur sich anschickte, in dem Buch der Wahrheit zu lesen – Rupur, von dem alle wußten, daß ihn nur eines interessierte: Geld.

„Vielleicht sucht er in dem Buch die Skizze eines vergrabenen Goldschatzes", witzelte einer der Neugierigen und sonnte sich in dem Gelächter, das er damit erzeugte.

Satusa schaute den Mann mit dem etwas finster und undurchdringlich wirkenden Gesicht mißtrauisch an, als er die Tempelstufen betrat. Wenn es nach ihrem Gefühl gegangen wäre, hätte sie Rupur den Einlaß in den Tempel verwehrt. Doch sie erinnerte sich an die Worte des Weisen, jeden, und sei es der unwürdigste der Menschen, in den Tempel einzulassen.

Als Rupur, der schon am Tag zuvor unter den Schaulustigen gestanden und sich einen Plan ausgedacht hatte, den Tempel betrat, erschien ein Grinsen auf seinem Gesicht. Wie dumm waren doch diese Jünger des geheimnisvollen Weisen, wenn sie ein Buch wie dieses, das die Kraft besaß, Menschen zu verwandeln, so offen und unbeaufsichtigt liegen ließen. Er, Rupur, war vielleicht der erste, der erkannt hatte, daß dieses Buch einen sagenhaft hohen Verkaufspreis erzielen würde. Es gab reiche Männer, die nach Wahrheit und Erkenntnis dürsteten und jeden Preis dafür zahlen würden.

Es kam ihm nur darauf an, diesen Schatz in seinen Besitz zu bringen, bevor es ein anderer tat. Denn daß dieses geheimnisvolle Buch lange dort liegen bleiben würde, das mochten vielleicht die Jünger des Weisen in ihrer Naivität glauben, aber nicht er, der das Geschäft seines Lebens auf einem weißen Altar vor sich liegen sah.

Sein Plan war einfach: In einer Innentasche seiner Jacke hatte er ein kleines Buch versteckt. Das wollte er an den Kerzen anzünden, und wenn es lichterloh brannte, anstelle des Zauberbuches auf den Altar legen. Dann würde er schnell das Zauberbuch einstecken, mit lauten Hilferufen aus dem Tempel eilen und schreien, daß das Zauberbuch Feuer gefangen habe und in Flammen aufgegangen sei, als er es berührte. Daß es wohl eher ein Ding der Hölle als ein Bote der Wahrheit sei. In der allgemeinen Bestürzung und dem Durcheinander, das seinen Worten folgen würde, könnte er das kostbare Buch unbemerkt seinem in der Menge wartenden Komplizen zustecken, der es in ein sicheres Versteck bringen würde. So bräuchte Rupur keine Durchsuchung seiner Kleider zu fürchten, wenn man ihm seine Geschichte nicht glaubte.

Der hochgewachsene Geschäftsmann ging auf den Altar zu und betrachtete das Buch mit gierigen Blicken.

Wie viele Goldstücke mochte es ihm einbringen? Hundert? Vielleicht sogar tausend? Der Wert einer solchen Ware war unschätzbar. Rupurs Augenlider begannen vor Aufregung zu flattern. Kurzentschlossen nahm er das Buch vom Altar. Mit der anderen Hand zog er das mitgebrachte Buch aus der Jackentasche. Das Zauberbuch steckte er ein, das andere hielt er über die Kerzen, bis es brannte. Er legte es so auf den Altar, daß die Flammen es im Nu ganz ergriffen hatten und wandte sich mit selbstzufriedenem Grinsen zum Gehen.

Ihm wurde warm ums Herz – wie immer, wenn er ein gutes Geschäft witterte. Er konzentrierte sich auf seinen Auftritt vor der Menge, holte tief Luft und stieß einen lauten Schrei des Schmerzes und der Überraschung aus. Dann riß er die Tempeltür auf, stürzte ins Freie und schrie Satusa an: „Das ist kein Buch der Wahrheit, kein Buch eines Weisen! Es ist ein Werk des Teufels, ein Ding der Hölle! Als ich es berührte, ging es in Flammen auf. Fast hätte ich mir die Hände verbrannt!“

Satusa sah Rupur fassungslos und ungläubig an. Die Menschen auf dem Platz vor dem Tempel begannen aufgeregt durcheinander zu reden. Und Rupur wurde es immer wärmer ums Herz – dort, wo das Zauberbuch in seiner Innentasche steckte. Richtig heiß wurde es ihm dort.

Satusa saß, vor Schreck über Rupurs Worte wie gelähmt, in ihrem Korbsessel und starrte ihn unverwandt an. Sie spürte, daß er nicht die Wahrheit sagte, daß er irgend etwas verbarg. Und nun sah sie es auch seinem Gesicht an. Er war unruhig, wurde immer ruheloser und verstörter, und Schweißperlen standen plötzlich groß und glänzend auf seiner Stirn.

Hunderte von Augenpaaren waren auf den zwielichtigen Geschäftsmann gerichtet, der den Eindruck erweckte, als fühle er sich auf einmal schrecklich unwohl in seiner Haut.

Satusa traute ihren eigenen Augen nicht, als plötzlich kleine Rauchwolken aus Rupurs reich bestickter Jacke stiegen. Im nächsten Moment züngelten Flammen an der kostbaren, perlenbesetzten Jacke des Kaufmanns empor – und er riß sie sich mit einem Schrei des Entsetzens vom Leib. Brennend fiel sie zu Boden. Was dann geschah, verbreitete sich wie ein Lauffeuer im ganzen Land: Hunderte von Menschen waren Zeugen, als Rupurs Jacke schnell und so gründlich von dem unerklärlichen Feuer verzehrt wurde, daß nichts von ihr übrig blieb – kein Knopf, keine Perle, keine Asche. Und genau dort, wo dieses wundersame Feuer gebrannt hatte, lag das Buch der Wahrheit, unversehrt im Sonnenlicht glänzend! Die wilden Flammen hatten ihm, das nur aus Papier bestand, nichts anhaben können! Es lag dort auf der weißen Marmortreppe, als hätte es nie ein Feuer gegeben, in dem jedes andere Buch der Welt zu Asche verbrannt wäre.

Atemloses Schweigen lag über der Menge vor dem Tempel. Dann sprach und rief alles aufgeregt durcheinander.

„Rupur wollte das Zauberbuch stehlen. Haltet ihn fest!“

„Ein Buch, dem Feuer nichts anhaben kann! Wirklich – es ist ein Zauberbuch."

„Ja, ein Wunderbuch! Ich will der nächste sein, der darin liest!"

„Und dann ich!"

„Und als dritte ich!"

So ging es weiter, und im Nu hatte sich eine Schlange vor den Tempelstufen gebildet.

Satusa stand auf, sah Rupur mit einem verächtlichen Blick an und sagte: „Geh fort, Rupur – und komm nie wieder! Du hast deine Chance vertan. Jeder darf diesen Tempel nur einmal in seinem Leben betreten."

„Bestraft diesen Betrüger! Er wollte das Buch stehlen, das für uns alle da ist", ertönte eine Stimme.

Satusa wandte sich dem Rufer zu und entgegnete ihm: „Nein, er ist bestraft genug durch sich selbst. Seht ihn doch an! Bietet er nicht ein Bild des Elends?"

Und in der Tat konnte man fast Mitleid mit dem hartgesottenen Geschäftsmann empfinden, der mit fassungsloser Miene und verwirrtem Blick dastand. Er schüttelte immer wieder den Kopf und stammelte unverständliche Worte vor sich hin. Schließlich stieg er mit gebeugtem Haupt und hängenden Schultern die Stufen hinab.

Satusa hob das Zauberbuch liebevoll vom Boden auf und ging mit ihm durch die Tempeltür, um es auf den Altar zurückzulegen. Als sie die Asche entdeckte, durchschaute sie den üblen Plan des Diebes. Sie fegte sie vom Altar und legte das Zauberbuch mit großer Liebe und Ehrfurcht wieder an seinen Platz. Und als es dort auf dem weißen Marmor im Kerzenlicht lag, überkam Satusa ein warmes Gefühl der Erleichterung. All die Sorgen, die sie sich um das Buch des Weisen gemacht hatte, waren unnötig gewesen. Das Zauberbuch wußte sich selbst zu schützen! Und Satusa kamen die Worte des Weisen wieder in den Sinn, die er in seiner *letzten Botschaft an die sieben Jünger über sein Buch geschrieben hatte: „Für gewissenlose Geschäftemacher, für Heuchler und für Machtgierige wird es wie die Berührung mit dem Feuer sein."*

Zweiter Teil

Maharadscha Bagor stand am Fenster und schaute auf sein Land hinaus. Vom höchsten Turm seines Palastes aus konnte er den Blick weit über die Ebene und den Wald schweifen lassen.

Ein Reiter galoppierte auf den prächtigen Palast des Herrschers zu und ließ eine lange Staubwolke auf seinem Weg zurück. Als er näher kam, erkannte ihn Maharadscha Bagor. Es war Saputro – einer der Spione, die in jeder Stadt des Reiches das feine Ohr und das scharfe Auge des Herrschers waren, um ihm die Stimmung im Volk, gefährliche Entwicklungen oder wichtige Begebenheiten mitzuteilen.

Die Stadt, in der Saputro seinen geheimen Dienst für den Maharadscha in der Verkleidung eines Barbiers versah, lag fast einen Tagesritt von dem Palast des Landesherrschers entfernt. Wenn Saputro persönlich den langen Ritt auf sich nahm, anstatt eine briefliche Nachricht zu schicken, mußten es schon wichtige Neuigkeiten sein, die er brachte. Vielleicht wieder eine neue Verschwörung gegen ihn – von Männern oder Vätern, denen er die Geliebten und Töchter hatte entführen lassen, um seinen Harem zu bereichern. Oder erneut eine Bande von Geldgierigen, denen die Steuern, die der Maharadscha einziehen ließ, zu hoch erschienen. Wann würden diese „Helden" endlich einsehen, daß ihre Auflehnung gegen den Willen des Herrschers ihnen nur den sicheren Tod einbrachte?

Bagor entschied sich, das Turmzimmer zu verlassen und den Spion in seiner Bibliothek zu empfangen. Der Herrscher liebte die Gesellschaft von Büchern und las in ihnen, sooft ihm seine Regierungsgeschäfte und die Vergnügungen in seinem Harem dazu Zeit ließen.

„Welche Nachrichten bringst du mir, Saputro? Welche Geheimnisse haben dir deine Kunden verraten, während du sie bis über beide Ohren einseiftest? Nicht wahr, einem Barbier vertraut man! Was bleibt uns auch übrig, wenn er einem sein frisch geschliffenes Rasiermesser an die Kehle setzt!"

Saputro verbeugte sich lächelnd: „Ja, hoher Herrscher, in der Tat ist dieser Tarnberuf für meine Arbeit von unschätzbarem Vorteil."

„Gibt es Aufsässige in deiner Stadt? Geheime Pläne, Verschwörungen?"

„Nichts dergleichen, Maharadscha. Vielleicht erscheint es Euch gar nicht so wichtig, aber da ich weiß, daß Ihr ein großer Freund von Büchern seid, komme ich persönlich. In meiner Stadt Jabindram ist nämlich ein ganz besonderes, außergewöhnliches Buch aufgetaucht, ein wahres Zauberbuch voller Magie und Weisheit, das jeden verwandelt, der darin liest. Schenkt mir nur eine Stunde Eurer kostbaren Zeit, und ich werde Euch genau berichten, was in der Stadt über das Buch erzählt wird – und was ich selbst mit ihm erlebte. Glaubt mir, noch nie gab es ein Buch wie dieses, das Kräfte besitzt, die Wunder bewirken."

Bagors Interesse war sofort geweckt. Er forderte seinen Spion auf, sich zu setzen und zu berichten.

Nachdem Saputro seine Schilderung beendet hatte, war es still in der Bibliothek. Schließlich sagte Bagor: „Ich muß dieses Zauberbuch unbedingt sehen! Wie lange, sagst du, liegt es schon auf diesem Altar?"

„Acht Tage, mein Gebieter. Die Menschen von Jabindram stehen zu Dutzenden Schlange vor dem weißen Tempel. Und es werden immer mehr. Schon kommen die ersten Suchenden aus anderen Städten des Reiches. Die Wundertaten des Zauberbuches verbreiten sich in Windeseile!"

„Hat noch einmal jemand versucht, das Buch zu stehlen,

nachdem es Rupurs Jacke entflammt hatte?" fragte der Herrscher.

„Nein, niemand. Ein Buch, das ein übernatürliches Feuer entzünden kann, ohne selbst darin zu verbrennen, wagt niemand mehr zu stehlen."

„Niemand außer mir", sagte Bagor und lächelte.

„Verzeiht mir bitte, hoher Herrscher, wenn ich es wage, Euch davor zu warnen! Niemand kann sagen, wozu das Buch imstande ist. Womöglich vermag es nicht nur eine Jacke in Flammen aufgehen zu lassen. Vielleicht auch eine Bibliothek, vielleicht sogar einen ganzen Palast?"

Der Maharadscha unterdrückte eine scharfe Zurechtweisung. Saputro sagte schließlich nur, was Bagor selbst dachte. Ein Plan mußte geschmiedet werden, um in den Besitz dieses phantastischen Buches zu kommen und täglich von seiner Weisheit kosten zu können. Ein guter Plan.

„Ich wage es, so zu sprechen" fuhr der Spion fort, „weil ich gestern selbst im Tempel war, um das Zauberbuch mit eigenen Augen zu sehen. Großer Herrscher, dieses Buch ist mir unheimlich! Es hat mich durchschaut, als sei ich aus Glas! Ich schlug es auf und fand ein Bild von mir selbst. Und darunter die Worte:

> *Wessen Geschäft*
> *die Täuschung ist,*
> *dessen Gewinn*
> *ist die Enttäuschung."*

„Nun gut, ein Spruch, ein Wortspiel, wie es in vielen Büchern zu finden ist", sagte der Maharadscha.

„Ich schlug die nächste Seite auf", fuhr Saputro fort und blickte dem Herrscher fest in die Augen. „Und da sah ich ein Bild von Euch, mein Gebieter."

„Von mir?" rief Bagor überrascht.

„Ja – von Euch. Und unter dem Bild fand ich folgende Worte:

Wessen Geschäft
die Macht ist,
dessen Gewinn
ist die Ohnmacht.“

„Diese Bilder von dir und von mir – und dann diese Worte! In der Tat ein außergewöhnliches Buch! Du hast mir einen guten Dienst erwiesen. Nimm diesen Beutel mit Goldmünzen als Dank und reite zurück nach Jabindram. Schicke morgen in aller Frühe deine Frau zum weißen Tempel. Sie soll sich in die Schlange der Wartenden einreihen. Wenn ein Fremder auf sie zukommt und ihr eine Goldmünze für ihren Platz anbietet, soll sie ihm ihren Platz überlassen. Woran erkenne ich deine Frau?“

Saputro überlegte kurz und sagte: „Sie wird ein rotes Kopftuch tragen.“

Maharadscha Bagor nickte und entließ seinen Besucher mit einer Handbewegung. Dann schloß er die Augen, überdachte alles, was er über das Buch, den Tempel und die sieben Freunde des Weisen erfahren hatte – und ersann einen Plan.

Wenige Stunden später war der Maharadscha reisefertig. Aus den Hunderten von Soldaten seiner Palastwache hatte er die zehn besten und tapfersten Kämpfer zu seinem persönlichen Schutz ausgewählt. Der Ritt nach Jabindram würde die ganze Nacht dauern, und es gab übles Räubergesindel in den Wäldern. Doch in der Obhut von zehn gefürchteten Bogenschützen, Schwertkämpfern und Messerwerfern, die ihn während jeder Reise wie ein Schutzgürtel umgeben, würde er sich sicher fühlen.

Bagor hatte sich vom Maskenbildner der Palasttänzerinnen einen falschen Bart ankleben lassen und die Kleider eines reichen Kaufmannes angelegt.

Noch vor Sonnenuntergang senkte sich die mächtige Zugbrücke langsam über den breiten Wassergraben, der sich um den gesamten Palast schlängelte und ihn zu einer sicheren Festung machte.

Manche behaupteten, daß in dem schlammtrüben Gewässer böse und gefährliche Geister hausten, die jeden Menschen töteten, der in dieses Wasser gerate. Andere sprachen von giftigen Fischen oder Schlangen, die der Maharadscha dort ausgesetzt habe. Und oft wurde im Land von mutigen Rebellen erzählt, die versucht hätten, den Wassergraben im Schutze der Nacht zu durchschwimmen, um die hohen Palastmauern am anderen Ufer zu erreichen. Keiner von ihnen, so hieß es, sei jemals wieder aufgetaucht.

Maharadscha Bagor ritt, gefolgt von seinen zehn Leibwächtern, über die massive Zugbrücke. Kaum hatten die Reiter sie überquert, da wurde sie schon wieder hochgezogen.

Knapp vor Sonnenaufgang erreichte der Maharadscha die Stadt Jabindram. In einem Hain am Stadtrand gönnte er sich nach dem langen und beschwerlichen Nachtritt etwas Erholung.

Als die Sonne über den Bergen im Osten aufgestiegen war, machte Bagor sich auf den Weg zum weißen Tempel. Da Jabindram als eine der friedlichsten und rechtschaffensten Städte des gesamten Reiches galt, nahm Bagor, um möglichst wenig Aufsehen zu erregen, nur einen seiner Beschützer mit auf den Weg – den stärksten und besten Kämpfer seiner Palastwache, der es gut und gern mit drei, vier Angreifern zugleich aufnehmen konnte. Den anderen Soldaten befahl er, sich solange in dem Wäldchen versteckt zu halten.

Als Bagor mit seinem Leibwächter den Platz vor dem weißen Tempel erreichte, bot sich seinen Augen ein Bild, wie sein Spion es ihm beschrieben hatte. Eine Schlange von zwanzig, dreißig Wartenden hatte sich vor den sieben

Marmorstufen gebildet. Die Wahrheitssucher, Frauen und Männer jeden Alters und Standes, hockten in einer Reihe auf der Wiese und beschäftigten sich mit Handarbeiten, lasen in Büchern, unterhielten sich leise mit ihren Nachbarn oder saßen im Buddha-Sitz mit geschlossenen Augen, um sich meditierend auf die Begegnung mit dem Buch der Wahrheit vorzubereiten.

Neben ihnen gab es noch eine andere, größere Gruppe von Menschen, die bunt zusammengewürfelt auf dem Platz vor dem Tempel weilten: Unentschlossene, Schaulustige und Tagediebe, welche Neugier oder Langeweile hergetrieben hatte. Diese Ansammlung zählte mehr als hundert Menschen, und ständig kamen weitere hinzu.

Als Bagor nähertrat, erkannte er die Frau des Barbiers an ihrem roten Kopftuch. Sie saß als achte auf der Wiese und bestickte einen Kissenbezug.

Bagors Blick wanderte zum Tempel empor und blieb an der jungen Frau mit der üppig fallenden Haarpracht haften, die in einem Korbsessel neben dem Tempeleingang saß. Begehren blitzte in seinen Augen auf, als er Satusas Gesicht sah, und ein Lächeln umspielte die Lippen des Maharadschas. Wäre dieses Mädchen in der Blüte ihrer jugendlichen Frische und Schönheit nicht eine ideale Bereicherung seines Harems, um ihn nach den Mühen der Regierungsgeschäfte mit Tanz, Zärtlichkeit und Hingabe zu verwöhnen?

In diesem Moment öffnete sich die Tempeltür von innen, und ein junger Mann im Alter von vielleicht zwanzig oder fünfundzwanzig Jahren trat ans Sonnenlicht und reckte die Arme hoch, als hätte er einen Sieg errungen. Seine Stimme klang euphorisch und von tiefen Gefühlen bewegt, als er den Menschen auf der Wiese zurief: „So ein kleines Buch – und der ganze Himmel hat darin Platz! Der ganze Himmel!“

Mit diesen Worten des Entzückens sprang der Mann leichtfüßig die Treppen hinab, sank auf die Knie, hob seinen Blick zum Himmel und flüsterte überschwengliche Dankesworte. Dann wandte er sich den Schaulustigen und Neugierigen zu und rief: „Was sitzt ihr hier herum und gafft mich an? Vom Gaffen ist noch niemand glücklich geworden! Warum bekennt ihr euch nicht zu dem Durst nach Wahrheit, nach Weisheit, die erleuchtet und berauscht? Halb verdurstet seid ihr, ich seh' es euren Augen an, und doch zögert ihr, euch dem Brunnen zu nähern. Dort, in diesem Tempel wird euer Durst gestillt. Und glaubt mir – danach seht ihr das Leben mit ganz anderen Augen!“

Bewegung kam in die Menge, und ein vielstimmiges Gemurmel setzte ein, aus dem sich die Stimme einer Frau erhob: „Mit anderen Augen siehst du jetzt das Leben! Aber ist das Leben nicht unveränderlich, ein ewiger Kreislauf von Freude und Leid, Lust und Schmerz, Geburt und Tod, wie man es auch betrachten mag?“

Der junge Mann warf der Fragestellerin einen lachenden Blick zu. „Sicher hast du recht. Es gibt Gesetze, denen alles Leben unterworfen zu sein scheint. Aber es ist ein großer Unterschied, ob man sein Leben in Freiheit oder hinter den Gittern eines inneren Gefängnisses verbringt! Und jetzt entschuldigt mich: Ich habe so vieles nachzuholen!“

Mit diesen Worten, die bei allen Anwesenden einen tiefen Eindruck hinterließen, sprang der junge Mann auf und ging seines Weges, und sein Schritt war voller Anmut und Musik.

Auch Maharadscha Bagor war von den Worten und dem Benehmen des jungen Mannes beeindruckt, und das Verlangen, dieses geheimnisvolle Buch in seinen Besitz zu bringen, brannte heiß in ihm.

Während alle Blicke sich auf den Wahrheitssucher richteten, der so begeistert ins Freie gesprungen war, gelang es

Bagor, sich unauffällig unter die schaulustige Menge zu mischen. Als sich die allgemeine Erregung zu legen begann und ein neuer Pilger in dem weißen Kuppelbau verschwunden war, fragte er eine alte Frau neben sich: „Verzeiht meine Neugier, aber ich bin hier fremd und nur auf der Durchreise. Ich hörte, daß ein Zauberbuch in diesem Tempel liegen soll und vernahm eben die Worte des jungen Mannes. Was geht in diesem Tempel vor?"

Die Frau warf Bagor einen prüfenden Blick zu und antwortete höflich: „Wunderdinge geschehen dort! Menschen betreten den Tempel und kommen wie verzaubert wieder heraus. Der junge Mann eben – er ist ein Student und wohnt im Haus meiner Nachbarn. Ich kenne ihn als einen scheuen, ernsten, in sich gekehrten Jungen. Und nun diese Verwandlung!"

„Erstaunlich, wirklich erstaunlich", gab Bagor zurück und fuhr sich mit den Fingern nachdenklich durch den falschen Vollbart. „Ich würde zu gerne selbst einmal in den Tempel gehen, doch in wenigen Stunden muß ich weiterreisen."

Die Alte wies auf die lange Reihe der Wahrheitssucher. „Die dort – sie warten alle. Manche saßen dort schon vor dem ersten Hahnenschrei. Und nur etwa die Hälfte von ihnen wird heute auch den Tempel betreten, schätze ich. Obwohl es schwer zu schätzen ist", räumte sie ein, „manch einer bleibt eine Stunde im Tempel, ein anderer kommt nach zehn Minuten wieder heraus."

Bagors Blick fiel auf die Frau mit dem roten Kopftuch. Sie war jetzt an siebenter Stelle. Er bedankte sich bei der alten Frau für die Auskünfte und fragte, ob es in der Nähe ein Wirtshaus gäbe, wo man gut essen könne. Sie bejahte, erklärte ihm den Weg, und Bagor kehrte zu seinem Leibwächter zurück.

„Hör zu", wies er ihn an, „es ist noch etwas Zeit, und mir knurrt der Magen. Ich werde jetzt essen gehen. Du wartest

hier unauffällig. Am besten mischst du dich unter das Volk. Wenn nur noch ein Wartender vor der Frau mit dem roten Kopftuch sitzt und ich noch nicht zurück sein sollte, dann spute dich und hole mich so schnell du kannst!“

Bagor beschrieb seinem Beschützer den Weg zu dem Wirtshaus und ging.

Als der Maharadscha nach einem vorzüglichen und ausgiebigen Mahl zum weißen Tempel zurückkehrte, war die Frau des Barbiers bereits an die dritte Stelle vorgerückt. Es erfüllte ihn mit Erleichterung, denn er haßte kaum etwas mehr als warten zu müssen. Während er sich neben seinem Begleiter niederließ, kam eine ganz in Weiß gekleidete Frau mittleren Alters aus dem Tempel, stieg langsam die Stufen herab und ging, völlig abwesend wirkend, an den Menschen vorbei, die sie erwartungsvoll anstarrten. Niemand wagte es, ein Wort an sie zu richten. Sehr zerbrechlich erschienen die Gefühle, die sie aus dem Tempel mit auf ihren Lebensweg genommen hatte.

Maharadscha Bagor gab dem Leibwächter ein Zeichen, auf seine Rückkehr zu warten, und ging festen Schrittes auf die Tempelstufen zu.

Das Augenmerk der Menge richtete sich sofort auf die imposante Erscheinung des Fremden, dessen großzügig geschnittener, aus edler Seide gefertigter Umhang ihn als einen Mann auswies, dem es nicht an weltlichen Gütern zu mangeln schien.

Zielsicher schritt er auf die Frau des Barbiers zu, blieb wenige Schritte vor ihr stehen und sagte in einem Ton, dessen Höflichkeit nur unzulänglich über seine Härte hinwegtäuschen konnte: „Gute Frau, verzeiht, daß ich Euch ohne Umschweife anspreche, aber die Umstände lassen mir keine andere Wahl. Ich bin ein Kaufmann auf Reisen und muß aus unabänderlichen Gründen in einer Stunde weiterziehen. Doch könnte ich nur mit schmerzender Seele diesen Ort verlassen, ohne in dem Zauberbuch gelesen zu haben, nach dessen Weisheit ich mich mehr sehne, als ich beteuern kann. Mein Gefühl sagt mir, daß ich bei Euch Verständnis für meine Lage finde. Darum bin ich so schamlos, Euch eine Goldmünze für Euren Platz anzubieten, um Euch für die Mühe des vergeblichen Wartens zu entschädigen. Ihr könnt Euch schon morgen wieder in die Schlange einreihen, ich aber werde so bald nicht – und vielleicht sogar nie wieder – an diesen Ort zurückkehren können, denn meine Geschäftsreise führt mich über das große Meer in ferne Länder."

Ohne die Reaktion der Frau abzuwarten, griff Bagor unter seinen Umhang und zog eine große, im Sonnenlicht glänzende Goldmünze hervor, die er ihr auf seinem Handteller darbot. Sie zögerte nicht lange, stand auf, nahm die wertvolle Goldmünze an sich, neigte ihr Haupt zum Zeichen des Dankes und ging wortlos davon.

Ein großes Gemurmel und Geflüster setzte ein, als der fremde Kaufmann den Platz der Barbiersfrau einnahm.

Satusa, die an diesem Tag zum zweiten Mal Tempeldienerin war, hatte das Geschehen mit nachdenklicher Miene verfolgt und es für richtig befunden, sich nicht einzumischen, obwohl eine innere Stimme ihr sagte, daß von dem fremden, reichen Kaufmann etwas Bedrohliches ausging. Doch sie verscheuchte ihr Unbehagen mit dem Gedanken, daß es keinem Menschen auf der ganzen Welt gelingen würde, dem Zauberbuch Schaden zuzufügen oder es gar zu stehlen.

Deshalb fühlte sie auch keine Unruhe mehr, als der Fremde die weißen Marmorstufen emporstieg, ihr freundlich zunickte, jedoch mit undurchdringlichem Blick den weißen Tempel betrat – fest entschlossen, das Zauberbuch zu rauben.

Vor seinem Aufbruch hatte er sich in der Palastschmiede eine schmale, viereckige Kassette aus Eisen anfertigen lassen, die er an einem Lederriemen unter seinem weiten Um-

hang vor der Brust trug. Sie ließ sich luftdicht verschließen, und da ohne Luft kein Feuer brennen konnte, würde das Zauberbuch, einmal in dieser Eisenkassette gefangen, keinen Brand mehr entfachen.

Doch war es wirklich ein magisches Buch, das Wunderdinge bewirken konnte? Nach allem, was er gehört und gesehen hatte, schien es das zu sein. Doch Maharadscha Bagor fühlte das Verlangen, sich zunächst wie ein gewöhnlicher Wahrheitssucher dem Zauberbuch zu nähern, um sich höchstpersönlich davon zu überzeugen, ob es wirklich der Ehre würdig war, von ihm erobert zu werden.

Unschlüssig, mit welchem Anliegen er an das Buch herantreten sollte, stand der Herrscher vor dem Altar.

Auf einmal trat eine der vielen Fragen, auf die er in seinem Leben noch keine befriedigende Antwort gefunden hatte, in sein Bewußtsein. Langsam streckte der Maharadscha seine rechte Hand aus und befühlte mit den Fingerkuppen den Einband des Buches. Sein goldener Siegelring mit dem Zeichen zweier sich kreuzender Säbel glänzte im Kerzenschein, als er das Buch öffnete und dabei, wie im Selbstgespräch, die Worte „Was ist Glück?“ murmelte. Bagor beugte sich über die leeren Seiten, auf denen in diesem Augenblick – wie aus dem Nichts – folgende Zeilen auftauchten:

Glück ist,
was lächeln macht,
was Angst, Sorge,
Ungewißheit vertreibt
und inneren Frieden schenkt.
Es ist ein magisches Licht
im Herzen eines Menschen,
dessen Leben von Liebe erfüllt ist.

Bagor fühlte sein Herz höher schlagen. Dieses Buch konnte tatsächlich auf Fragen antworten, die man ihm stellte! Das war ein Beweis für seine Zauberkraft – auch wenn ihm die Antwort auf die Frage nach der Natur des Glücks nicht als eine Wahrheit erschien, die für ihn persönlich gültig war.

Bagor blätterte die Seite um und las:

Es gibt sehr viele
Arten von Wahrheit.
Doch die beste Wahrheit
ist am Ende jene,
die glücklich macht.

„Womit die Schlange sich in den Schwanz beißt", murmelte Bagor, „denn die Frage lautet: Was ist Glück? Ich sage: Glück ist Macht! Glück ist, sich nehmen zu können, was begehrenswert ist. Glück ist, du weises Buch, dich jetzt zu rauben!"

Ein triumphierendes Lächeln lag auf dem Gesicht des Herrschers, als er seinen Umhang öffnete und die Eisenkassette hervorholte. Er schob ihren Deckel zurück und zog den dicken Lederhandschuh an, den er mitgeführt hatte, um das Buch nicht mit bloßen Händen ergreifen zu müssen. Vielleicht war es in der Lage, sich so zu erhitzen, daß er sich die Hände verbrannte.

Rasch nahm der Maharadscha das Buch, schob es in die Eisenkassette und verschloß den Deckel. Hastig versteckte er den Handschuh und wollte sich gerade zum Ausgang wenden, als er plötzlich das Gefühl bekam, eine immer schwerer werdende Last zerre an ihm.

Bagor war ein kräftig gebauter Mann, der die schwere Eisenkassette mühelos wie ein Amulett getragen hatte. Jetzt aber mußte er die Beine spreizen, um einen besseren Stand zu finden. Das Buch konnte, so leicht wie es in seiner Hand gelegen hatte, unmöglich die Ursache sein! Oder etwa doch?

Schweißperlen traten auf die Stirn des Herrschers. Sein Atem ging schneller. Er spürte, wie der Lederriemen um seinen Nacken schmerzhaft in die Haut einschnitt und biß die Zähne zusammen, um nicht vor Schmerz aufzuschreien.

Wie ein großer Klumpen Blei, der immer schwerer wurde, fühlte sich der kleine Eisenbehälter um seinen Hals an – und schließlich konnte Bagor dem Gewicht nicht mehr standhalten, und er fiel vor dem Altar hart auf die Knie.

Doch auch diese entwürdigende Stellung konnte er nicht lange halten, denn das unheimliche Gewicht des Zauberbuches zog ihn noch tiefer, zwang ihn zu einer unfreiwilligen Verbeugung vor dem weißen Altar. Der Maharadscha verspürte erst Erleichterung von der unerklärlichen Last, als seine Stirn den Boden berührte und die Kassette auf dem weißen Marmor des Tempelbodens lag.

Bagor war von dem vergeblichen Kampf mit seiner vermeintlich leichten Beute am ganzen Körper naßgeschwitzt. Sein Atem ging keuchend, und er mußte ein großes Maß an Selbstbeherrschung aufbieten, um seiner Wut und Enttäuschung nicht in lauten, wilden Flüchen Luft zu machen, die vielleicht die Tempeldienerin aufmerksam gemacht hätten.

Der gebeugte Herrscher zwang sich zu nüchterner Überlegung. Sein Plan war gescheitert – ein neuer mußte geschmiedet werden. Wieder bäumte sich wilde Wut heftig in ihm auf, Wut über die Schmach, von diesem verhexten Buch in die Knie und zu einer Verbeugung vor dem weißen Altar gezwungen worden zu sein. Doch sein kühler Verstand und die Hoffnung auf späteren Triumph siegten über die verletzten Gefühle des Herrschers.

Zunächst galt es, das Buch wieder auf den Altar zurückzulegen, denn sonst würde der nächste Wahrheitssucher, der den Tempel betrat, Alarm schlagen, und es war fraglich, ob er dann schon weit genug vom Zugriff der empörten Menge entfernt sein würde. Die Vorstellung, als Herrscher des Landes unerkannt in einem rattenverseuchten Verlies zu schmachten wegen Schändung oder versuchten Diebstahls eines Volksheiligtums, gab Bagor seine Kaltblütigkeit vollends zurück.

Langsam zog er seinen Hals aus der Lederschlinge, richtete den von der Anstrengung schmerzenden Rücken auf und öffnete die Kassette. „Du hast gewonnen", sagte er zu dem Buch, „ich wollte dich ganz für mich haben, aber ich habe deine Macht unterschätzt. Nun will ich dich zurück auf den Altar legen, damit mein Nachfolger dich dort vorfindet, wo dein Platz ist. Verzeih' mir meinen Egoismus und meinen Hochmut. Der brennende Durst nach deiner Weisheit hat mich zu dieser verderblichen Tat getrieben."

Dank jahrelanger, intensiver Übung in geistiger und emotionaler Selbstbeherrschung konnte Bagor seine Worte auch denken und fühlen. Er hielt es für möglich, daß dieses Buch die Gedanken und Gefühle eines Menschen erkennen konnte. Wie ein Schauspieler, der ganz und gar in seiner Rolle aufgeht, fühlte sich der Herrscher nun tatsächlich wie ein reumütiger Sünder, als er das Zauberbuch aus der Kassette zog und demütig auf den Altar zurücklegte. Es wog nicht mehr, als von seinem Umfang her zu erwarten war, und Bagor betrachtete es mit großer Achtung und Bewunderung.

Er hob die Kassette vom Boden auf, hängte sie sich wieder um den Hals, ordnete seine Gewänder und ging auf den Ausgang zu.

Als er ins Freie trat und die Tempelstufen hinabschritt, wirkte er in den Augen der Menge wie ein Mann, der soeben eine unangenehme Wahrheit über sich selbst erfahren hatte. Sein vormals energischer Schritt war langsam und stockend geworden, der zuvor so stolze, selbstbewußte Blick schweifte ziellos und haltsuchend über die gaffende Menge, bis er seinen Leibwächter entdeckte.

Bagor winkte ihn zu sich heran, und gemeinsam begaben sich die beiden Männer auf den Weg, der aus der Stadt Jabindram hinausführte. Satusa, die Tempeldienerin, sah ihnen mit gemischten Gefühlen nach.

Als die Sonne unterging und ein Suchender aus einer anderen Stadt den Tempel verlassen hatte, erhob sich Satusa aus ihrem Korbsessel und verschloß die Tempeltür.

In der Reihe der Wartenden saßen noch neun Menschen. Satusa schrieb ihre Namen hintereinander auf einen Zettel und sagte zu ihnen: „Diesen Zettel werde ich Renang geben, der morgen den Tempeldienst leistet. Wenn ihr morgen bei Sonnenaufgang hier seid, werdet ihr zuerst eingelassen."

Die Wartenden erklärten sich einverstanden und gingen in verschiedene Richtungen davon. Satusa warf einen letzten Blick auf die Menge der Schaulustigen, die sich zu zerstreuen begann. Heute gab es nichts mehr zu sehen, und es wurde Zeit für ein gutes Abendessen. Mit dem Tempelschlüssel und der Warteliste in der Tasche ihres Kleides ging Satusa nach Hause. Ihr Körper fühlte sich vom langen Sitzen steif und verspannt an. Die Bewegung tat ihr gut. Sie atmete die laue, von Blütenduft erfüllte Abendluft tief ein.

Es hatte sich so eingebürgert, daß die Freunde des Weisen abends immer ins Haus desjenigen kamen, der an diesem Tag Tempeldienst gehabt hatte, um von ihm zu hören, was sich zugetragen hatte und gemeinsam des Meisters zu gedenken. Satusa freute sich auf das Treffen.

Ihre Eltern waren wohlhabend und besaßen ein großes Haus, umgeben von einem parkähnlichen Garten. Satusa schätzte und achtete ihre Eltern sehr, mochte aber im Alter von neunzehn Jahren nicht mehr tagtäglich mit ihnen zusammenleben. So hatte ihr Vater vor zwei Jahren bei den Mangobäumen ein hübsches Gartenhaus bauen lassen, in dem sie sich sehr wohl fühlte. Dann und wann besuchte sie ihre Eltern, sprach und aß mit ihnen – und zog sich schließlich wieder zurück, wenn sie das Bedürfnis nach Alleinsein oder Meditation verspürte.

Satusa betrat den großen Garten durch das Hintertor und ging auf ihr Häuschen zu. Als sie die Bäume fast erreicht hatte, sprangen plötzlich zwei Männer hinter einem Gebüsch hervor. Satusa war vor Schreck wie gelähmt, als der größere Mann ihr seine harte, grobe Hand fest gegen den Mund drückte und sie mit dem anderen Arm von hinten umklammert hielt. Als der zweite Angreifer mit einem Knebel in den Händen auf sie zustürzte, erkannte sie ihn: Es war der fremde Geschäftsmann, der am Morgen der Frau des Barbiers eine Goldmünze für ihren Platz angeboten hatte.

Als er versuchte, ihr den Knebel in den Mund zu drücken, gelang es Satusa, sich aus der Umklammerung zu befreien und einen lauten Hilfeschrei auszustoßen. Sie spürte, wie ihre Finger, die sich in die Haut des Fremden krallten, etwas Kleines, Hartes erwischten. Sie zog daran, bis sie es in der Hand hatte. Doch es entglitt ihr und fiel zu Boden.

Bevor sie einen zweiten Hilfeschrei ausstoßen konnte, hatte der Mann hinter ihr seine Hand wieder auf ihren Mund gedrückt. Voller Angst und Ekel rang sie nach Luft. Der Fremde bückte sich blitzschnell und fesselte Satusas Füße mit einem hastig aus der Tasche gezogenen Seil. Dann richtete er sich auf und preßte seinem Opfer ein zweites Mal den Knebel in den Mund. In diesem Moment gelang es Satusa noch einmal, ihre Hände freizubekommen. Sie schlug nach dem Gesicht ihres Häschers, bekam seinen Bart zu fassen und zog mit aller Kraft daran, bis sie ihn völlig verblüfft in der Hand hielt. Vor Schreck ließ sie ihn fallen. Dann hatte der hinter ihr stehende Hüne sie vollends in seiner Gewalt und hielt ihr die Arme hinter dem Rücken unerbittlich fest, bis der Kaufmann sie gefesselt hatte.

„Jetzt schnell weg“, raunte er dem anderen zu. Der packte die zappelnde Satusa mühelos auf seine Schulter und trug sie zum hinteren Gartentor. Dort wartete ein Soldat aus Bagors Palastwache mit vier Pferden. Als er die beiden

Männer mit Satusa kommen sah, zog er einen zusammengerollten Teppich vom Rücken eines der Pferde. Mit vereinten Kräften rollten die Männer Satusa in den Teppich ein und legten sie auf den Rücken eines Pferdes. Dann ritten sie mit ihrer Gefangenen zum weißen Tempel.

Als die Entführer den Tempel des Zauberbuches erreichten, kämpfte das letzte Tageslicht gegen die wachsende Übermacht der Dunkelheit. Keine Menschenseele war zu sehen. Die Neugierigen hatten Hunger und Müdigkeit fortgetrieben. Hell und still lag die weiße Kuppel im Dämmerlicht.

„Beeilen wir uns!" befahl Bagor seinen beiden Helfern.

Die Männer stiegen ab, wickelten Satusa aus dem Teppich und lösten die Fesseln um ihre Fußknöchel.

„Du bist in unserer Gewalt", sagte Bagor, „füge dich in dein Schicksal, dann wird dir kein Leid geschehen."

Satusa schüttelte energisch den Kopf. Ihre Augen blitzten den Herrscher wütend an.

Bagor lachte. „Eigentlich wollte ich zuerst das Buch und später dich rauben", erklärte er der am Boden liegenden Tempeldienerin. „Nun raube ich euch gleichzeitig. So schlage ich zwei Fliegen mit einer Klappe. Und jetzt gehen wir in den Tempel und holen das Buch!"

Wieder schüttelte Satusa entschlossen den Kopf.

Bagor lächelte, aber seine Augen waren kalt, als er sich zu Satusa hinunterbeugte und sagte: „Du stehst jetzt auf, gehst mit mir in den Tempel und nimmst das Zauberbuch an dich. Wenn du dich weigerst, werde ich dir meinen Dolch ins Herz stoßen und einen anderen Jünger des toten Weisen entführen. Ich kenne ihre Namen und weiß, wo sie wohnen. Also?"

Satusa erkannte, daß ihr keine andere Wahl blieb, als den Befehlen des Kaufmannes zu folgen. Sie spürte, daß seine Worte keine leeren Drohungen waren: Dieser Mann *würde nicht zögern, sie kaltblütig zu ermorden, wenn sie sich seinem Willen widersetzte. Und sie wollte keinen der anderen Freunde des Weisen in Lebensgefahr bringen.*

So nickte sie zum Zeichen ihres Einverständnisses.

„Warum nicht gleich so?" sagte Bagor und half ihr auf die Beine. Dann griff er in seine Satteltasche und zog die Eisenkassette hervor, mit der er das Zauberbuch in seinen Besitz hatte bringen wollen. Er hängte sie Satusa um den Hals und löste die Fesseln um ihre Handgelenke. Bagors Begleiter ergriffen sie fest bei den Oberarmen. Sie sah ein, daß sie keine Möglichkeit zur Flucht hatte.

Die Männer führten sie die Tempelstufen hinauf und befahlen ihr, die schwere Tür aufzuschließen. Im Inneren des Tempels war es dunkel. Bagor entzündete die Fackel in seiner Hand.

„Vorwärts!" befahl er der Gefangenen. Seine beiden Soldaten führten sie zum Altar. „Jetzt nimm das Buch und stecke es ganz vorsichtig in die Kassette! Dieses Buch kann anscheinend Gedanken lesen und menschliche Gefühle entwickeln. Also denke daran, daß ich dich töten werde, wenn sich das Buch nicht von dir aus dem Tempel tragen läßt. Sage ihm, daß es die Verantwortung für dein Leben hat."

In Satusas Kopf und Herz wirbelten tausend Gedanken und Gefühle durcheinander. Mit größter Anstrengung gelang es ihr, sich auf einen Gedanken zu konzentrieren. Sie legte ihre Hand auf das Zauberbuch und schloß die Augen.

Ein Gefühl großer Erleichterung durchströmte sie, als das Gesicht des Weisen vor ihrem inneren Auge auftauchte und ihr ein Lächeln schenkte.

„Befolge die Befehle dieses Mannes", hörte sie seine Stimme. „Selbst er ist ein Wahrheitssucher, auch wenn sein Weg verabscheuungswürdig erscheint. Wenn du ihm gehorchst, droht dir keine Gefahr. Vertraue mir, ich werde bei dir sein." Das Gesicht des Weisen erlosch, und Satusa at-

mete tief durch. Angst und Verkrampfung wichen aus ihrem Körper.

„Worauf wartest du?" hörte sie die Stimme des Mannes hinter sich. Sie nahm das Buch in die Hand, steckte es in die Kassette und ließ sich ohne Widerstand von den Männern aus dem Tempel führen. Auf Befehl Bagors verschloß sie die Tür. Dann wurden ihr die Hände auf den Rücken gebunden, und die Entführer hoben sie in den Sattel.

Der Maharadscha bestieg seinen Rappen. Dann nahm er die Zügel des Pferdes mit seiner doppelten Beute in die Hand, und im Schutz der hereinbrechenden Dunkelheit verließen die Reiter die Stadt Jabindram.

In dem kleinen Wald vor der Stadt stießen sie zu den anderen Soldaten aus Bagors Palastwache. Ohne Pause ritten sie die ganze Nacht hindurch, bis sie im Morgengrauen den Palast des Maharadschas erreichten.

Dritter Teil

Maharadscha Bagor klatschte in die Hände, und die Musiker begannen zu spielen.

Satusa saß neben ihm auf einem großen, prächtig bezogenen Diwan und ließ ihre Blicke durch den riesigen Festsaal streifen, dessen kostbare und berauschend schöne Einrichtung sie in wachsendes Erstaunen versetzte. Wasserspiele, mit bunten Mosaiken geschmückte Säulen, ein künstlich angelegter Teich voller Lotusblüten. Große, herrliche Gemälde und reich besticktes Tuch an den Wänden, schwere, weiche Teppiche überall auf den Marmorböden, Wohlgerüche glimmender Räucherstäbchen der feinsten Art in der Luft.

Satusa fühlte sich verwirrt von dem Luxus, dem Reichtum und der Schönheit, die von allen Seiten auf ihre Sinne einströmten, und sie zwang sich zu nüchternem Denken. Auch wenn Dienerinnen sie ehrerbietig gebadet, gesalbt und in ein wunderbares Seidenkleid gehüllt hatten, um sie in diesen herrlichen Saal zu führen – sie war die Gefangene des Mannes an ihrer Seite, dieses gefährlichen Maharadschas, und nach allem, was sie über ihn wußte, machte sie sich keine Illusionen über ihr Schicksal. Er hatte ein Auge auf sie geworfen, und ihre Zukunft war die Gefangenschaft in seinem Harem – unter hundert oder noch mehr Frauen, deren Leben sich von normalen Gefangenen vor allem durch die Ausstattung des Gefängnisses unterschied. Satusa hatte schon von der Schönheit und Pracht des Harems gehört, von dem weiten Innenhof, einem blühenden Garten mit einem Badeteich, an dessen Ufer die Frauen lagen und sich dem Nichtstun hingaben. Es hieß, daß viele der Frauen, die in den ersten Tagen und Wochen nach ihrer Entführung vor Heimweh fast vergangen waren, bald das süße, arbeitsfreie Leben in abwechslungsreicher Gesellschaft und luxuriöser Umgebung ihrem vorherigen Dasein vorzogen.

Satusas Gedanken kehrten zu dem Mann an ihrer Seite zurück, der sie wie ein Verbrecher entführt hatte und ihr nun die Ehren einer Prinzessin zuteil werden ließ. Die Meinungen über die Person des Maharadschas gingen weit auseinander – Bagor war ein umstrittener, aber mächtiger Herrscher. Seine Feinde fürchteten seine Unberechenbarkeit und skrupellose Willkür. Kein hübsches Mädchen im ganzen Land war vor seinen Nachstellungen sicher. Und weigerte sich eine Familie, ihre Tochter gegen Gold in die Hände Bagors zu geben, war es oft genug passiert, daß sie wenige Tage später spurlos verschwunden war.

Die Anhänger des Maharadschas sprachen gern von seiner harten Schale, die einen guten Kern umschließe – und daß Härte und manchmal auch scheinbare Willkür nötig seien, um ein Land zu regieren, an dessen Wohl dem Maharadscha mehr als irgendeinem anderen gelegen sei.

Satusas Blick fiel auf eine meterhohe, weiße Buddha-Statue am Rande des künstlichen Teiches. Bagor bemerkte es: „Gefällt Euch die Statue?"

Satusa nickte. „Ja, sie ist sehr schön. Der Gesichtsausdruck ... dieses gelassene Lächeln. Es erinnert mich an das Lächeln des Meisters."

„Der Meister, der das Zauberbuch geschaffen hat?" fragte Bagor interessiert, und Satusa biß sich auf die Unterlippe, weil sie ihre Gedanken so schlecht im Zaum gehalten hatte.

„Ja. Erlaubt mir eine Frage, Maharadscha. Was Ihr mit mir vorhabt, kann ich mir denken. Aber was will ein Mann wie Ihr mit dem Zauberbuch?"

Satusas Blick streifte das weiße Buch auf dem Tisch neben dem Diwan.

„Oh“, erwiderte Bagor mit amüsiertem Lächeln, „ich liebe die Gesellschaft von Büchern, und dies dort scheint mir ein ganz Besonderes zu sein. Meint Ihr nicht auch? Und was Euch betrifft, Satusa, Ihr seid hier, um mich und den Palast vor der Rache des Buches zu schützen. Ich denke, es wird mir böse sein, weil ich es entführt habe. Und wie Ihr wißt, kann es einen Brand legen, ohne selbst zu verbrennen. Doch Euch liebt es, und solange Ihr hier im Palast seid, wird es kein Feuer zaubern, weil Ihr die erste wäret, die darin verbrennen würde.“

„Dann bin ich also Eure Geisel“, sagte Satusa.

„Welch häßliches Wort aus dem Munde einer so schönen Frau!“ erwiderte Bagor lächelnd. „Betrachtet Euch als meinen Gast, mit dem ich die Vergnügungen und Annehmlichkeiten dieses Palastes zu teilen bereit bin. Zugegeben: Ich habe Euch keine andere Wahl gelassen, als mir hierher zu folgen. Aber nach ein paar Tagen oder Wochen werdet Ihr herausfinden, daß ich damit in Eurem Sinne gehandelt habe. Ihr werdet Euch hier wohler und unbeschwerter fühlen als je zuvor in Eurem Leben. Nehmt von den Früchten, kostet die Getränke, lauscht der Musik – es spielen die Künstler meiner Palastgruppe, die besten Musiker im ganzen Land!“

Satusa unterdrückte eine respektlose Antwort. Bagor schien nicht vorzuhaben, sie in seinen Harem einzugliedern, und das war schon ein großes Glück. Vielleicht war es am besten, gute Miene zum bösen Spiel zu machen, das Vertrauen des Maharadschas zu gewinnen und auf eine Gelegenheit zur Flucht zu warten. Aus den Augenwinkeln heraus betrachtete sie den Herrscher, dessen Aufmerksamkeit vom Spiel der Musiker gefesselt war. Er hatte nicht das Gesicht eines Verbrechers oder Bösewichts – die vollen Lippen und glänzenden braunen Augen ließen viel Lebensfreude und Sinnlichkeit vermuten, die hohe Stirn geistige Interessen, die auffällige, leicht geschwungene Nase deutete auf Entschlossenheit und Zielstrebigkeit hin. Satusas Blick fiel auf die Hände des Maharadschas: Lange, schlanke Finger, gepflegte Haut – das können nicht die Hände eines Tyrannen sein, eher die eines Künstlers!

Satusa dachte an den letzten Abend zurück, als eben jene Hände sie gewaltsam entführt hatten – und wie sie ihnen im Kampf etwas Kleines, Hartes entrissen hatte, das dann ins Gras gefallen war. Sicherlich Bagors Ring! Jähe Freude und Hoffnung ließen ihr Herz schneller schlagen. Vielleicht verriet der Ring den Entführer! Ja, man würde nach ihr suchen! Vielleicht hatte jemand ihren Hilfeschrei gehört. Es war nur eine Frage der Zeit, bis man zum Palast kommen würde, um sie zu befreien. Ihre Eltern, ihre Freunde!

Satusas Hoffnung brach wie ein Kartenhaus in sich zusammen, als ihr einfiel, daß Bagors Palast eine uneinnehmbare Festung war, die noch jedem feindlichen Angriff souverän getrotzt hatte.

„Verzeiht, wenn ich Euren Musikgenuß noch einmal unterbreche. Ich bin also nur zu Eurer Sicherheit und zur Sicherheit Eures Palastes hier, solange Ihr dieses Buch studiert?"

„So ist es", brummte Bagor, ohne sein Gesicht von den Musikern abzuwenden, die sich in einen ekstatischen Rhythmus hineingesteigert hatten.

„Wenn Ihr also das Interesse an dem Buch verliert, schenkt Ihr mir dann die Freiheit wieder?"

„Ja", sagte der Herrscher, ohne Satusa eines Blickes zu würdigen. „Aber ich glaube nicht, daß ich so bald das Interesse an einem so außergewöhnlichen Buch verlieren werde, das unberechenbare Kräfte in sich birgt und eine Seele zu haben scheint. Wenn ich es studiere, erwarte ich von Euch, daß Ihr in meiner Nähe seid. Das ist doch nicht zuviel verlangt? Dafür werde ich Euch mit fürstlicher Gastfreundschaft bedenken. Ich habe Euch einen Diener und *zwei Zofen zur Verfügung gestellt, die Euch jeden Wunsch von den Augen ablesen sollen. Und Ihr werdet in einem prächtigen Raum wohnen. Aber jetzt genug der Fragen und Erklärungen! Ihr versäumt den Zauber der Musik. Beleidigt nicht die Musiker mit Eurer Teilnahmslosigkeit. Hören wir ihnen zu! Und danach habe ich noch weitere Überraschungen für Euch."*

Schließlich war es den Musikern gelungen, Satusa mit ihrem rhythmischen, ekstatischen Spiel in ihren Bann zu ziehen. Als das Feuerwerk der Klänge schon seinen befreienden Höhepunkt zu erreichen schien, klatschte Bagor zweimal in die Hände. Drei Tänzerinnen von makelloser Gestalt und Anmut tauchten wie aus dem Nichts vor den Musikern auf, die noch einmal das Finale ihres Spieles hinauszögerten, den Fluß der Rhythmen und Melodien ein letztes Mal verlangsamten, bevor sie sich und die schnell in Trance geratenden Tänzerinnen in einen Strudel sich steigernder Intensität hineinrissen. Die Musiker schienen sich aus unerschöpflichen Kraftquellen zu nähren, bis schließlich der letzte Akkord, der letzte Trommelschlag verklangen, und sie mit schweißüberströmten, aber glücklichen Gesichtern die begeisterten Zurufe von Bagor und Satusa empfingen, die noch nie in ihrem Leben so berauschende Musik gekostet hatten. Die Tänzerinnen schwankten mit geschlossenen Augen wie Baumwipfel im leichten Wind, als hallten die Schwingungen der eben gehörten und getanzten Klänge noch in ihren grazilen Körpern nach. Schließlich erwachten sie aus ihrer Verzückung, verbeugten sich ehrfurchtsvoll vor dem Maharadscha und der Frau an seiner Seite und huschten davon.

Bagor warf Satusa einen strahlenden Blick zu. „Wie hat Euch die Musik gefallen?"

Satusas Augen glänzten: „Ich habe noch nie so etwas gehört. Es war wunderbar! Ich habe alles um mich herum vergessen!"

„Ihr seht", erklärte Bagor, „ich vermag meinen Gästen etwas zu bieten. Aber das Beste kommt noch!"

Satusa sah ihn gespannt an. „Noch bessere Musik? Das kann ich mir nicht vorstellen!"

Bagor schüttelte den Kopf und lächelte geheimnisvoll: „Nein, keine Musik mehr – sondern Worte. Rätselhafte, dunkle, aber immer spannende und faszinierende Reden eines alten Mannes, eines Sehers, vielleicht eines Propheten – womöglich aber auch nur die gekonnte Darbietung eines alten Gauners, der mir damit die Goldstücke aus dem Beutel zieht. Vor zwei Monaten begehrte er Einlaß in meinen Palast – angeblich besitzt er die Gabe, in die Zukunft zu schauen. Mich interessieren okkulte und mystische Dinge, und so empfing ich ihn. Sein erster Auftritt war für mich so beeindruckend, daß ich ihn bat, gut entlohnter Gast in meinem Palast zu sein und mir jeden Abend die Faszination seiner Weissagungen zu bieten."

Bagor schüttelte – wie es schien, über sich selbst – den Kopf und fuhr fort. „Ich bin richtig süchtig nach den geheimnisvollen Monologen dieses alten Mannes. Der Klang seiner Stimme, die Verwandlung seiner Züge, wenn er in Trance fällt – und die seltsamen Worte, die aus seinem Munde strömen. Ich glaube, ich betrachte ihn in erster Linie als Künstler, nicht als Hellseher. Es ist mir egal, ob seine Prophezeihungen, die im übrigen oft recht vieldeutig sind, sich als richtig oder falsch erweisen – Hauptsache, er unterhält mich gut!"

Bagor klatschte dreimal in die Hände, und zwei seiner Diener führten einen hageren, alten Mann mit schlohweißen Haaren und ebenso weißem Bart vor den Diwan des Herrschers. Die Diener begleiteten den ganz in Weiß gekleideten Seher zu einem Sitzkissen, das wenige Schritte vor Bagors Diwan auf dem Boden lag. Satusa schätzte den Mann auf siebzig Jahre und fühlte sich gleich auf seltsame Weise mit ihm verbunden.

„Ich danke dir für dein Kommen, Tera", wandte sich Bagor an den Alten. „Wie du siehst, bin ich heute abend in reizender Begleitung. Diese junge Frau ist mein Gast, und sie brennt darauf, von der geheimnisvollen Poesie deiner Worte zu kosten."

Der Alte neigte den Kopf demütig zum Gruß. „Ich danke Euch, mächtiger Bagor, für Eure großzügige Gastfreundschaft und hoffe, Eure Erwartungen nicht enttäuschen zu müssen. Wie Ihr wißt, kann ich nur weitergeben, was ich empfange. Vergeßt nicht, daß ich nur ein Medium bin, ein Kanal, durch den höhere Stimmen als die meine sich kundtun. Werft mir nicht wieder vor, meine Rede sei rätselhaft, denn ich weiß nicht mehr, was ich spreche, wenn ich mich den Göttern hingebe."

„Ja", sagte Bagor, „du weißt nicht, was du redest, aber es klingt oft sehr wissend."

„Wie meint Ihr das?" fragte Tera.

„Kennst du dieses Buch?" fragte Bagor statt einer Antwort und wies auf das Zauberbuch, das neben Satusa auf dem Tisch lag.

Tera warf einen aufmerksamen Blick auf das Buch des Weisen und schüttelte den Kopf. „Nein, ich sehe es zum ersten Mal."

„Du sagst die Wahrheit und lügst zugleich!" rief Bagor und lachte.

„Ich verstehe Euch nicht", murmelte Tera und senkte den Blick.

„Du sagst die Wahrheit, weil es stimmt, daß du dich nicht daran erinnerst, was du in Trance sagst. Sonst hättest du dich an dieses Buch erinnert. Vor fünf Abenden hast du prophezeit, daß ich ein bestimmtes Buch begehren werde. ‚Ich sehe ein weißes Buch', sagtest du. Hier liegt es. Du hast es also schon einmal gesehen – in Trance. Deshalb sagte ich auch, du lügst."

„Seid Ihr immer so spitzfindig?" entfuhr es Satusa, und ein Schatten fiel auf die Züge des Herrschers.

„Nur, wenn ich meinen Gästen gefallen möchte, was mir bei Euch offensichtlich nicht gelungen ist", antwortete Bagor mit plötzlich kühler Stimme, die Satusa merken ließ, daß sie sich im Ton vergriffen hatte. Bei der Neigung zum Jähzorn, die man Bagor nachsagte, könnten solche Ausrutscher gefährlich werden.

„Verzeiht, ich ...", setzte sie zu einer Entschuldigung an.

„Schon gut", fuhr Bagor ihr über den Mund.

„Und nun", wandte er sich an Tera, „nun entzünde deine heiligen Kräuter, aber sieh' zu, daß der Rauch nicht zu mir herüberweht – er benebelt mir die Sinne!"

Der Alte zog mehrere Lederbeutel unter seinem Umhang hervor, aus denen er getrocknete Kräuter in eine irdene Schale füllte. Als diese Prozedur, die er langsam und andächtig ausführte, beendet war, bat er einen der Diener, den Inhalt der Schale zu entzünden. Und bald entstieg dem Gefäß weißer Rauch, den der Seher tief und geräuschvoll einatmete. Sein Stöhnen zeugte von der inneren Erregung, die ihn dabei ergriff.

„Was atmet er ein?" flüsterte Satusa.

„Irgendwelche Kräuter und Pflanzenextrakte. Er sagt, das hilft ihm, leichter in Trance zu kommen. Ich finde, es stinkt", flüsterte Bagor zurück. „Aber nun paßt auf!"

Der Seher war in eine Wolke weißen Rauches gehüllt, der sich allmählich verflüchtigte. Satusa war überrascht, wie sehr sich der alte Mann verändert hatte. Tera hielt die Augen geschlossen. Sein Gesicht schien ein einziges Lauschen zu sein. Alle Züge wirkten entspannt und konzentriert zugleich. Etwas Geheimnisvolles, das vorher nicht so stark zu spüren gewesen war, ging von dem Mann aus. Satusa fühlte, wie es in ihrem Bauch zu kribbeln begann. Sie konnte ihren Blick nicht von dem Seher abwenden. Er wirkte so erstarrt, als sei alles Leben aus ihm gewichen *und trug doch den Ausdruck heller Wachheit. Diese seltsame Veränderung seiner Züge verlieh dem Antlitz des Greises eine subtile Schönheit.*

Plötzlich bewegten sich seine Lippen, als flüstere er. Bagor beugte sich vor und forderte den alten Mann auf, lauter zu sprechen, obwohl er wußte, daß er in Trance mit Worten nicht zu erreichen war. Der Alte fuhr noch eine Weile fort, lautlos seine Lippen zu bewegen. Unvermittelt sprach er seine ersten Worte: „Mein Name ist Mando."

Satusa zuckte erschrocken zusammen. Wie war das möglich? Mando war der Name des Weisen aus dem Wald. Nur wenige kannten seinen Namen. Mando war ein scheuer, zurückgezogen lebender Mann gewesen, der in den letzten Jahren seines Lebens kaum Begegnungen mit anderen Menschen hatte – abgesehen von seinen Jüngern.

Ein freudiger Gedanke erhellte ihr Herz wie ein Sonnenstrahl. War es möglich, daß Mando durch den Mund des Sehers aus dem Reich der Toten zu ihr zu sprechen begann, um sie zu trösten und ihr zu helfen? Ihr Herz klopfte bis zum Hals, und sie versuchte nach Kräften, sich die wachsende Erregung nicht anmerken zu lassen.

„Unsinn", hörte sie die Stimme des Maharadschas, „du heißt Tera, nicht Mando. Oder schlüpfst du wieder in die Haut eines anderen Wesens? Fliegt deine Seele in die Sphären der Körperlosen, um mir von ihrem Dasein kundzutun? Sprich, Seher, wo bist du, was siehst du?"

Leise, aber deutlich und klar war die Stimme des Weißhaarigen, als er langsam und in einem Ton zu sprechen begann, der aus einer anderen Welt zu kommen schien.

„Mein Name ist Mando. Ich lebe im Reich des Großen Zaubers. Ich empfange große Sehnsucht eines Wesens aus einer anderen Wirklichkeit."

Satusa schloß die Augen, weil sie Angst hatte, ihr Ausdruck könne ihre Gefühle verraten. Kein Zweifel, es war Mando, der zu ihr durch den Weißhaarigen sprach.

„Ohne Zahl", fuhr der Seher fort, „sind die Räume des Seins, und ihre Namen sind willkürlich und austauschbar. Sie sind alle miteinander verbunden und ineinander verwoben, und doch ist es den meisten Wesen nicht möglich, sich von einem Raum zu anderen zu begeben und frei zu reisen. Sie sind in ihren Welten gefangen wie in unsichtbaren Fallen, von denen sie nichts spüren und selten etwas ahnen." Seine Stimme wurde leiser: „Aus einer jener Welten dringt der Ruf zu mir. Große Sehnsucht macht die Stimme stark, läßt sie Grenzen überwinden. Wäre meine Sehnsucht nicht immer schon stark und unbeirrbar gewesen, hätte ich nie die Freiheit gewonnen, die ich jetzt genieße. Im Großen Zauber ist es Freiheit, die ich atme. Grenzen und Mauern sind wie zahnlose Hunde, die mit dem Schwanz wedeln. Mando ist mein Name, doch mein Name ändert sich – wie sich alles ändert, hier und überall. Veränderung ist die Seele des Alls, die treibende Kraft der Existenz."

„Ist er nicht faszinierend?" hörte Satusa die flüsternde Stimme des Maharadschas an ihrem Ohr. Sie nickte. „Ein alter Mann, der jeden langweilt, der sich mit ihm unterhält. Aber wenn er in Trance gerät, ist er ein Dichter, ein Visionär!"

„Ja", flüsterte Satusa.

„Man kann erst dort für immer bleiben, wo man ständig unterwegs ist", sprach der Alte weiter, und der Klang seiner Stimme zog Bagor und Satusa erneut in Bann.

„Nichts hat hier längere Dauer, als es gut wäre. Es entsteht, es wächst und es vergeht in Ekstase – aber reicht uns aus seinem Sterben heraus zahllose Keime neuen Glanzes."

„Versteht Ihr seine Worte?" flüsterte der Maharadscha.

Satusa zuckte mit den Schultern.

„Mando erzählt aus dem Inneren des Großen Zaubers", sprach der Seher weiter. „Wer bleiben will, wie und wo er ist, verschließe sein Bewußtsein. Wenn du mich hören kannst und verstehen willst, komme mir näher, mit Schritten in die Mitte deines eigenen Wesens. Solange das Licht der Sterne nicht aus deiner Seele strahlt, wirst du es suchen müssen. Und drehe dich nicht um. Der Blick zurück trügt."

Die letzten Worte des Sehers lösten ein langes, intensives Schweigen aus. Bagor und Satusa versuchten, jeder für sich, den oft dunklen Sinn der eben aufgenommenen Rede zu deuten.

Der Alte erwachte langsam aus seiner Trance. Er atmete tief, bewegte die Hände, führte sie an seine Stirn und rieb sich die Augen. Als er innehielt und Bagor und Satusa anschaute, hatte sein Gesicht wieder seinen normalen Ausdruck angenommen.

„Nun", sagte Bagor, „wie fühlst du dich, Tera?"

„Erschöpft, wie immer. Aber auch zufrieden, ausgeglichen, als hätte ich etwas Schönes geträumt."

„Du kannst dich an nichts mehr erinnern?" fragte Bagor und sah den Greis mit durchdringendem Blick an.

Tera schüttelte den Kopf.

„Du hast ein besonderes und sonderbares Talent, alter Mann. Ich finde immer noch, es ist Gold wert."

Bagor griff in seine Jackentasche und reichte dem Greis eine Goldmünze. „Dein Lohn. Darf ich dich morgen um die gleiche Zeit wieder hier erwarten?"

Der Alte nickte und verbeugte sich. Auf Bagors Händeklatschen erschienen zwei Diener und führten den Seher zurück in sein Gemach.

„Nun, wie findet Ihr mein Palastorakel?" sagte Bagor und nahm sich eine Frucht vom Tisch.

„Ich bin sehr beeindruckt", antwortete Satusa und versuchte, den Sturm von Gedanken und Gefühlen in ihrem Gemüt zu besänftigen.

„Das freut mich. Um so mehr Entgegenkommen erhoffe ich mir nun von Euch. Ich habe eine Bitte, die ich in den nächsten Tagen öfter an Euch richten möchte.“

„Eine Bitte oder einen Befehl?“ entfuhr es Satusa, die ihre Unbeherrschtheit ein weiteres Mal bedauerte.

„Seid nicht undankbar“, entgegnete Bagor, „ich verlange nicht viel von Euch.“

Satusa unterdrückte ihre Wut. Sie war hilflos. Tapfere Sprüche konnten ihre Lage gegenüber dem Mann, der ihr Leben in der Hand hatte, nur verschlimmern.

„Wie lautet Eure Bitte, Maharadscha?“

„Nehmt das Zauberbuch und legt es zwischen uns auf den Diwan!“

Nach kurzem Zögern erfüllte Satusa seinen Wunsch.

„Und nun möchte ich ein bißchen in dem Buch lesen. Damit es sich nicht von seiner feuergefährlichen Seite zeigt, legt Eure Hand darunter, während ich darin blättere. Und wendet Euren Blick ab. Ich möchte nicht, daß Ihr lest, was für mich bestimmt ist!“

Satusa befolgte Bagors Anweisungen und hörte, wie der Maharadscha das Zauberbuch aufschlug.

Er blickte auf zwei leere Seiten und wurde von Triumphgefühlen durchströmt. Dieses magische Buch gehörte jetzt ihm! Es stand ihm allein zur Verfügung, Tag und Nacht! Dieser unbezahlbare Schatz war in seinen Händen – und dank der Frau an seiner Seite seiner Gefährlichkeit beraubt.

Ich habe viele Fragen an dich, sprach der Maharadscha das Zauberbuch in Gedanken an. Wenn dir an dem Wohlergehen meiner Gefangenen, deiner Hüterin Satusa, gelegen ist, wirst du sie mir beantworten. Meine erste Frage lautet: Was ist das Wichtigste im Leben?

Bagors Augenlider zuckten, als plötzlich auf der linken Seite, wie von Geisterhand geschrieben, Worte entstanden.

Das Wichtigste im Leben
ist die Liebe,
denn sie allein
läßt das Licht
in uns erstrahlen.

Ist nicht die Macht eines Maharadschas viel wichtiger als die Liebe, weil sie stärker ist, dachte Bagor. Weil ich mächtig bin, kann ich Liebe zerstören, wann und wie es mir beliebt. Ich kann ein Mädchen aus den Armen ihres Geliebten reißen und in meinen Harem entführen, wenn es mir gefällt. Ich kann den Geliebten töten lassen, wenn er Schwierigkeiten macht. Die Macht ist größer als die Liebe! Ist es nicht so?

Unter Bagors Augen erschien die Antwort auf der rechten Seite des Buches:

Groß ist die weltliche Macht,
denn sie kann Schicksal spielen.
Doch sie auszuüben
ist ein trügerisches Glück.
Weltliche Macht begehrt,
wer nicht genug Liebe hat.
Sie ist ein verhängnisvoller Ersatz
für die Kraft,
die wir Liebe nennen.

Bagors Gesicht verzog sich mißbilligend. Liebe, ausgerechnet Liebe sollte das Wichtigste im Leben sein. Warum gab es dann so wenig Liebe auf der Welt? Wenn sie so wichtig war, warum bemühten sich nicht alle Menschen darum, in Liebe zu leben? Warum gab es dann so viel Mißtrauen, Angst, Haß, Neid, Eifersucht und Mißgunst überall, wohin man sah? Warum waren Kämpfe, Streitigkeiten und Bosheiten überall an der Tagesordnung, warum schlugen Eltern ihre Kinder, statt sie zu streicheln, warum töteten Soldaten einander, anstatt sich zu umarmen? Warum zeigten die Menschen sich nicht mehr Liebe, wenn Liebe das Wich-

tigste auf der Welt war? Vielleicht, dachte Bagor, hat sich der ganze Aufwand, das Buch zu rauben, doch nicht gelohnt. Es konnte zwar Gedanken lesen und auf Fragen antworten, aber die Antworten waren reichlich weltfremd.

Bagor schlug die Seite um und las die Worte:

Wer mich verletzt,
sagte die Liebe zur Welt,
der schneidet sich ins eigene Fleisch.
Doch die Welt verstand sie nicht,
bei dem ständigen Lärm,
den sie erzeugte.

Verärgert schlug der Maharadscha das magische Buch zu und erhob sich. Satusa blickte überrascht auf.

„Ich werde mich zurückziehen", sagte Bagor. „Ich hoffe, der Abend hat Euch gefallen." Er klatschte in die Hände, und zwei Diener erschienen. „Sie werden Euch zu Eurem Gemach zurückbegleiten. Nehmt das Buch in die Hände. Es soll immer in Eurer Nähe sein. Ich für meinen Teil habe für heute genug von ihm."

Nach diesen Worten verließ Bagor mit energischen Schritten den Festsaal.

In seiner Verärgerung über die Antworten des Zauberbuches wies Bagor seinen Leibdiener Odun an, zwei seiner Lieblingsfrauen zu ihm zu bringen, um sich in ihrer verführerischen Nähe den wirklich wichtigen Dingen des Lebens zu widmen: Vergnügen, Sinneslust, Leidenschaft. Gerade diese Freuden waren ohne die angeblich so bedeutende Liebe viel besser und leichter zu genießen. Liebe störte nur mit all ihren unangenehmen Begleiterscheinungen. Da war etwa die Angst, die Geliebte zu verlieren. Bagor lebte ohne diese Angst. Verlor er eine bevorzugte Frau, waren mehr als hundert da, um an ihre Stelle zu treten. Jede Frau war austauschbar und jederzeit zu ersetzen. Liebe, diese launische, unberechenbare, oft so verhängnisvolle Gemütsbewegung – glich sie nicht eher einer Bewußtseinstrübung, in der einem ansonsten durchaus urteilsfähigen Mann eine bestimmte Frau mehr als alle anderen bedeutete, ja vielleicht sogar mehr als das eigene Leben?

Bagor erinnerte sich mit einem unguten Gefühl an diesen Zustand. Mehr als zwanzig Jahre war es her, als er zum ersten und zugleich letzten Mal in die Falle der Liebe getappt war und schlaflose Nächte, innere Leere und dunkle Verzweiflung kennengelernt hatte, als die von ihm Angebetete seine Gefühle nicht erwiderte, weil sie schon vergeben waren. Die Ohnmacht, die Wut, der Haß auf den anderen Mann – sie hatten ihn damals zu einem Tier, einer blind rasenden Bestie gemacht und ihn das Glück der Frau grausam zerstören lassen, deren Liebe er nicht gewinnen konnte. Der Ekel vor sich selbst, der ihn danach überkam, war fast das Schlimmste von alledem. Als Bagor nach Wochen der Niedergeschlagenheit wieder zu sich gefunden hatte, fühlte er sich gegen die Krankheit Liebe für alle Zeiten immun.

Und doch konnte Bagor die zärtliche Gegenwart seiner Lieblingsfrauen an diesem Abend nicht so recht genießen. Die Antworten des Zauberbuches schienen ihn tiefer getroffen zu haben, als er wahrhaben wollte. Während die schöne Agara seinen Arm streichelte und sich wie eine Katze an ihn schmiegte, wurde er den Gedanken nicht los, daß sie es nur tat, weil ihr keine andere Wahl blieb – denn Haremsfrauen, die durch ihr Verhalten den Zorn des Herrschers auf sich zogen, drohte Kerkerhaft bei Wasser und Brot in den unterirdischen Gewölben des Palastes, ohne die Gewißheit, jemals wieder das Licht der Sonne zu erblicken.

Und als die auf ihre Art ebenso faszinierende Beluga seine Hand küßte und ihm einen feurigen Blick zuwarf, war Bagor von dem Gedanken besessen, daß sie ihm ihren Liebreiz nur darum schenkte, weil er sie in den Rang einer seiner Lieblingsfrauen erhoben hatte, die im Harem größere Vergünstigungen genossen als die anderen.

Dieses verfluchte Buch hatte ihm die Laune verdorben und ihn auf trübe Gedanken gebracht! Genau das Gegenteil hatte er sich von ihm erhofft.

Bagor schickte seine Frauen in den Harem zurück und begab sich in sein Schlafgemach.

Bohrende Fragen verfolgten ihn bis in sein Bett. Wer liebte ihn wirklich, wer von allen seinen Frauen, Dienern und Soldaten? Alle waren ihm zu Willen, aber nur weil sie ihn fürchteten. Wer diente ihm schon aus freien Stücken, weil er ihn als Herrscher und als Mensch bewunderte und liebte?

So bin ich der einzige, der mich liebt, dachte Bagor. Und selbst dieser Gedanke zog ein großes Fragezeichen nach sich.

Satusa lag noch lange wach. Die Ereignisse der letzten vierundzwanzig Stunden ließen sie nicht los, und rastlos warf sie sich auf dem Bett hin und her.

Wieder wurde sie von den Bildern bestürmt: den Männern, die sie vor ihrem Haus überfallen hatten, dem Kampf, ihrer Angst, dem Schrei, den die Eltern oder Nachbarn gehört haben mußten. Aufs neue spürte sie die Beklemmung und Panik, der sie ausgeliefert gewesen war, als die Entführer sie wie einen Gegenstand in den Teppich gerollt hatten. Und später dann der endlose Ritt durch die Nacht, in dessen Verlauf ihr klar wurde, daß sie die Gefangene des Maharadschas Bagor war – ein Schicksal, dem noch niemand entflohen war – außer in den Tod.

Satusa richtete sich auf und nahm einen Schluck Saft zu sich. Ihr Blick streifte durch den großen, von Kerzen halb erleuchteten Raum, der von seiner prachtvollen und kostbaren Einrichtung her das Schlafgemach einer Prinzessin hätte sein können. Und doch war er nichts weiter als eine Gefängniszelle. Sie brauchte nur die Tür zu öffnen, vor der Wächter postiert waren, um sich ihre Lage vor Augen zu führen.

Ihr Blick fiel auf das Zauberbuch, das auf dem Nachttisch lag. Es glänzte im Kerzenlicht. Satusa ließ ihre Fingerspitzen behutsam über den Einband gleiten.

„Deinetwegen bin ich jetzt eine Gefangene und kann nicht mehr ins Freie gehen, wann ich will, kann meine Eltern nicht mehr sehen, meinen Liebsten nicht mehr umarmen, meine Freunde nicht mehr um mich haben."

Satusas Augen wurden feucht. Sie spürte, wie Traurigkeit in ihr aufstieg, aber sie wollte sich nicht von deren Wellen mitreißen lassen.

„Doch wenn dies ein Dienst ist, den du von mir forderst, werde ich ihn leisten, ohne zu verzweifeln."

Nach diesen Worten wurden ihre Lider plötzlich so schwer, daß sie sie schließen mußte. Und im Dunkel ihrer geschlossenen Augen erschien das Gesicht Mandos, des Weisen aus dem Wald. Er lächelte sie an, und Satusa hörte seine warme Stimme: „Es gibt keinen Grund zu zweifeln oder gar zu verzweifeln. Ich fordere nicht mehr von dir, als du geben kannst. Und was du gibst, wird viel Gutes nach sich ziehen."

Satusa atmete erleichtert auf. Die Traurigkeit, die sich ihres Gemütes bemächtigen wollte, hielt dem Lächeln des geliebten Meisters nicht stand. „Wenn ich nur in schweren Stunden dein Gesicht sehen, deine Worte hören kann, dann finde ich wieder Mut und Vertrauen."

Mando lächelte voller Freude und Güte. „Ja", hörte Satusa seine Worte in ihrem Herzen, „so ist es gut. Ich brauche dein Vertrauen, damit ich dir helfen kann, deine schwierige Aufgabe zu lösen."

„Ich vertraue dir, Meister. Und an Mut hat es mir schon als Kind nicht gefehlt", antwortete sie.

„Ich weiß", gab Mando zurück. „Und nun schlafe, Satusa. Ich werde über dich wachen."

„Ich möchte dir noch danken, Mando, für deine Worte, die du durch den Mund des alten Sehers Tera an mich gerich-

tet hast. Du hast meine Sehnsucht gespürt, Sehnsucht nach Befreiung – nicht nur aus der Gefangenschaft des Maharadschas, sondern auch aus dem Gefängnis meines eigenen Bewußtseins. Wie eng, wie klein erscheint es mir immer, wenn ich deinen Glanz und deine Grenzenlosigkeit auf mich wirken fühle!"

Mando lächelte und nickte Satusa zum Abschied zu. Dann verblaßte sein Bild in ihrem Bewußtsein und hinterließ eine wohlige Dunkelheit, in die sie sich dankbar schmiegte.

Auch Bagor lag noch lange wach, aufgewühlt von den Ereignissen des Abends. In ihm schwang ein Gefühl nach, das er in Satusas Nähe erlebt hatte, ohne es richtig wahrhaben zu wollen. Ein Gefühl, das er in der Gegenwart seiner Haremsfrauen noch nicht in dieser Art gespürt hatte. Vielleicht so etwas wie Hochachtung vor der Tapferkeit und dem Temperament einer Frau, die doch wissen mußte, daß jedes unbedachte Wort ihr Leben gefährden konnte? Vielleicht auch mehr?

Über solchen Gedanken sank Bagor schließlich doch in den ersehnten Schlaf, der ihm lebhafte Träume bescherte. In einem dieser Träume ging er mit Satusa durch den Palastgarten. Die Sonne schien, ein leichter, angenehmer Wind bewegte die Blätter der Bäume. Sie gingen langsam, ohne ein Wort. Ihm war, als sei er schon lange nicht mehr so unbeschwert, so voller kindlicher Sorglosigkeit gewesen wie in diesem Traum, bis er in einem Aufwallen übermächtiger Gefühle Satusa bei den Schultern faßte und an sich drückte. Ganz nah waren sich ihre Gesichter, fast berührten sich ihre Lippen. Sie schauten sich in die Augen. Tiefer und tiefer blickte Bagor in diese großen braunen Augen, die ihm plötzlich wie geheime Türen zu einem Leben erschienen, gegen das seine ganze Macht und Pracht wie eine hohle Nuß in den Händen eines Bettlers war.

Zugleich wußte er – und der Schrecken darüber ließ Tränen über seine Wangen strömen –, daß diese Türen ihm verschlossen bleiben würden; denn sein Herz hatte seine Unschuld verloren – den einzigen Schlüssel, der sie hätte öffnen können.

Als Bagor erwachte, war das Kopfkissen benetzt von seinen Tränen. Es dauerte gut eine Stunde, bis er sich wieder gefaßt hatte. Soweit er sich erinnern konnte, hatte er zum letzten Mal vor zwanzig Jahren geweint.

Jetzt war er vierzig, und lange begrabene, totgeglaubte Empfindungen regten sich in ihm mit einer Macht, die ihn erschreckte. Als er sicher war, seine Beherrschung wiedererlangt zu haben, gab er einem Diener die Anweisung, ein erlesenes Mittagsmahl für ihn und Satusa vorzubereiten und darauf zu achten, daß sein Gast das weiße Buch mit sich führe.

Maharadscha Bagor war kein Mann, der gerne beim Essen redete, und auch Satusa liebte es, ihre Mahlzeiten schweigend zu genießen.

So aßen sie wortlos die Köstlichkeiten, die Bagors Diener aufgetischt hatten. Dann und wann begegneten sich ihre Blicke wie zufällig, und jedes Mal, wenn Bagors Blick in Satusas Augen tauchte, fühlte er sich innerlich in den Traum der vergangenen Nacht zurückversetzt. Ein seltsames Sehnen überfiel den Maharadscha, als sein Blick eine Weile unbemerkt und unerwidert auf Satusas Gesicht lag. Er meinte in diesen Augenblicken, noch nie in seinem Leben ein so schönes, von innen heraus strahlendes Gesicht gesehen zu haben.

Als Satusa plötzlich aufsah, schaute Bagor schnell nach unten, als habe sie ihn bei etwas Verbotenem ertappt.

Er war vor Satusas Blick zurückgeschreckt, weil er fürchtete, sie könne die Bewunderung in seinen Augen erkennen, die er plötzlich für sie empfand. Mit der Kraft seiner lang geübten Selbstdisziplin ließ er seine Augen einen unverfänglichen Ausdruck annehmen, und als sich ihre Blicke ein weiteres Mal streiften, hatte Bagor sich in der Gewalt. Aber es war, als hätte eine hohe Welle gegen das Schiff seiner Selbstbeherrschung geschlagen. Er spürte es schwanken – und er spürte es mit einer seltsamen Mischung aus Angst und Freude.

Bagor speiste mit wenig Begeisterung. Aber er sah gerne, daß Satusa das Angebot seiner vorzüglichen Küche zu schätzen wußte und mit gutem Appetit aß.

„Das war ein köstliches Essen", sagte Satusa, als sie ihren Hunger vollends gestillt hatte.

„Ich freue mich", erwiderte der Maharadscha, „daß Euch die Kunst meiner Köche überzeugen konnte." Sein Blick fiel auf das Zauberbuch, das Satusa auf ein Beistelltischchen gelegt hatte. „Und ich danke Euch", fuhr er fort, „daß Ihr das Zauberbuch mitgebracht habt."

Er bedankt sich dafür, dachte Satusa, daß ich seine Befehle befolge! Welch eine merkwürdige Art der Höflichkeit! Doch sie hielt ihre Zunge im Zaum und nickte nur.

Er zündete sich eine Wasserpfeife an und erklärte nach einer Weile: „Gestern abend stellte ich dem Buch die Frage, was das Wichtigste im Leben sei. Könnt Ihr Euch denken, was es mir geantwortet hat?"

„Ja", sagte Satusa ohne Zögern, „die Liebe."

Der Maharadscha bedachte sie mit einem erstaunten Blick. „Ihr habt es erraten, Satusa! Genau das hat es gesagt. Ich habe noch lange darüber nachgedacht, und die Antwort erscheint mir falsch. Wenn Liebe das Wichtigste in unserem Leben ist, warum gibt es dann so wenig Liebe unter den Menschen? Und wenn es sie gibt, warum ist sie dann so launisch, unberechenbar, so vergänglich und ungerecht? Warum kann sie so besitzergreifend und oft auch so grausam sein? Und wie kommt es, daß sie häufig von demselben Feuer verzehrt wird, das sie entzündet hat? Wenn man all dies bedenkt, scheint es doch eher das Wichtigste im Leben zu sein, der Liebe aus dem Weg zu gehen. Und die meisten Menschen scheinen auch so zu denken und entsprechend zu leben."

„Es stimmt", antwortete Satusa nach kurzem Nachdenken, „es gibt sehr wenig Liebe auf der Welt, und die ist oft noch fragwürdig. Aber das macht sie für mich noch wichtiger! Die meisten Menschen haben eine falsche Vorstellung von ihr. Und deshalb scheint sie ihnen entbehrlich oder auch gefährlich. Wer aber einmal in seinem Leben wirkliche, unbedingte Liebe in der Tiefe seiner Seele gefühlt hat, zweifelt keinen Augenblick mehr daran, daß sie das Größte, Schönste und Wichtigste im Leben ist, wenn nicht sogar der eigentliche Sinn des Lebens."

Bagor nahm einen langen Zug aus seiner Wasserpfeife und sah Satusa forschend in die Augen, als er fragte: „Und habt Ihr diese bedingungslose Liebe je erfahren?"

Satusa erwiderte seinen Blick. „Ja", sagte sie, „ich habe eine solche Liebe erfahren. Sie gilt dem Mann, der dieses Buch geschrieben hat."

„Der geheimnisvolle Weise aus dem Wald?" erwiderte Bagor überrascht. „Aber nach allem, was ich weiß, war er ein alter Mann, der allein in einer Bambushütte lebte."

Satusa nickte, und ihre Augen bekamen einen Glanz, der Bagor verwirrte. „Er war ein alter Mann – und er war ein Kind. Er hatte kein Alter. Er lebte allein, und er lebte in mir – und in seinen anderen Jüngern. Ich liebe ihn wie mein eigenes Leben, wie meine eigene Seele! Er hat Gefühle in mir wachgerufen, die ich unmöglich beschreiben kann. Er hat uns geholfen, uns selbst zu entdecken, besser zu verstehen und zu lieben. Vertrauen hat er in uns geweckt – Vertrauen in das Leben und in unser eigenes Wesen. Sein lebendiges Beispiel machte es uns möglich, verschüttete Gefühle und ungeahnte Kräfte in uns freizulegen. Er zeigte uns, daß jeder Mensch fähig ist, immer tiefer ins Herz aller

Dinge zu gelangen und sein Leben in Einklang mit dem Sinn zu führen. Und dafür liebe ich ihn."

„Ihr sagt, Ihr liebt ihn. Aber er ist doch tot", wandte Bagor ein.

„Die Liebe, die ich für ihn empfinde, geht über die Grenze des Todes hinaus. Sein Körper ist verbrannt, ganz wie es sein Wunsch war. Aber sein Geist lebt in mir und in den anderen fort – und auch in diesem Buch. Es ist ein Geist der Liebe, der Freiheit und der Weisheit. Es war der Wunsch meines Meisters, daß dieses Buch allen Menschen offenstehen solle. Ihr, Maharadscha, habt diesen Wunsch mißachtet und es gewaltsam in Euren Besitz gebracht."

Bagors Stirn zog sich in Falten. „Dies ist mein Land! Die Menschen, die hier leben, stehen unter meiner Macht. Und auch die Dinge, die sie besitzen, gehören mir."

„Das Zauberbuch ist kein Ding, Maharadscha. Und es gibt eine andere, eine höhere Macht als jene, die Ihr verkörpert. Ihr besitzt die Macht eines Herrschers, doch dieses Buch ist beseelt von der Macht der Liebe."

Der Maharadscha lächelte spöttisch. „Und doch ist es der weltlichen Macht gelungen, die angeblich so große Macht der Liebe in ihren Besitz zu bringen. Wißt Ihr darauf auch eine gute Antwort?"

„Ja", sagte Satusa. „Es ist gelungen, weil das Buch damit einverstanden war. Die Gründe werden sich zeigen."

Der Maharadscha lachte und schüttelte abwehrend den Kopf. „Jetzt redet Ihr schon wie mein Palastorakel! Die Wahrheit ist doch, daß weltliche Macht stärker ist als himmlische, von der niemand wirklich weiß, ob sie überhaupt existiert. Oder kennt ihr einen Beweis?"

Satusa deutete schweigend auf das Zauberbuch.

Bagor unterdrückte eine Erwiderung. Sicher, daß es ein solches Buch gab, das Wunderkräfte ausüben konnte, war eine unerklärliche Sache, aber deshalb noch lange kein Beweis für die Existenz übernatürlicher Macht.

„Ich würde gerne eine andere Frage an das Buch stellen. Wäret Ihr so nett, es in die Hand zu nehmen und mich in den Palastgarten zu begleiten? Es ist der schönste Ort innerhalb der Palastmauern, und da Ihr eine Weile mein Gast sein werdet, solltet Ihr ihn kennenlernen."

Ohne ein Wort stand Satusa auf, nahm das Zauberbuch in die Hand und folgte dem Maharadscha in den Garten.

„Ob Ihr es glaubt oder nicht, Satusa", sagte der Maharadscha, nachdem sie eine Weile schweigend die blumengesäumten Wege des Palastparkes entlang gegangen waren, „ich habe letzte Nacht geträumt, daß wir zusammen in diesem Garten spazieren gehen, so wie wir es jetzt tun."

Satusa warf ihm einen erstaunten Blick zu.

„Manche Träume", sagte der Maharadscha lachend, „werden eben doch wahr!"

„Und", fragte Satusa, „war es ein schöner Traum?"

„Schön und schrecklich zugleich", antwortete Bagor. In seinem Inneren kämpfte der Wunsch, ihr von seinem Traum zu erzählen, mit der Angst davor, sich eine Blöße zu geben, eine Schwäche zu zeigen. Sie schien diesen inneren Kampf zu spüren, denn sie sagte: „Wenn es Euch unangenehm ist, darüber zu sprechen, solltet Ihr es nicht tun."

„Im Moment wäre es mir lieber, mich mit Euch auf die Bank dort am Springbrunnen zu setzen und einige Fragen an das Zauberbuch zu stellen."

Sie ließen sich nieder, und ohne Umschweife schlug Bagor das magische Buch auf, das auf Satusas Hand ruhte.

Bagor sammelte sich und formulierte in Gedanken seine erste Frage: Warum wird das Leben der Menschen so sehr von der Macht der Fürsten und Maharadschas bestimmt, wenn die Macht der Liebe ihr angeblich überlegen ist?

Die Antwort des Zauberbuches ließ nicht lange auf sich warten:

Die Macht der Liebe ist allgegenwärtig.
Doch was nicht erkannt wird,
scheint nicht vorhanden.
Und dennoch ist alle weltliche Macht
gegen sie nur wie ein Schiff,
das sich in dem Irrglauben wiegt,
unsinkbar zu sein.

Diese Worte verfehlten ihre Wirkung auf Bagor nicht, doch Widerspruch brannte heftig in seinem Gemüt. Die wenigsten Menschen sehen die Macht der Liebe, dachte Bagor. Leider gehöre ich nicht zu diesen Auserwählten. Wie kann ich also, wenn es mich danach gelüstet, diese himmlische Kraft entdecken? Wo versteckt sie sich, die Macht der Liebe? Bagor schlug die Seite um und las:

Die Macht der Liebe
versteckt sich nicht.
Sie gibt sich zu erkennen
im Blühen der Blumen und Bäume,
im Farbenspiel des Regenbogens,
in allem, was voller Schönheit,
voller Geheimnis und Wunder ist.
Doch ihre allerschönsten Blüten
duften aus den Herzen
wahrhaft Liebender.

Womit wir wieder bei dieser verdammten Liebe wären, dachte Bagor verärgert. Aber ich glaube nicht an die Liebe. Liebe ist nur ein Wort, vielleicht eine Sehnsucht, doch die Wirklichkeit ist anders. Da ist die Liebe doch nur der trügerische Anfang von Enttäuschung, Angst und Schrecken. Nein, dachte Bagor weiter, erzähl' mir nichts mehr von Liebe. Zeig' mir etwas, an das ich glauben kann! Laß' mich mit eigenen Augen sehen, was du behauptest – dann werde ich dir Glauben schenken.

Einem spontanen Impuls folgend schlug Bagor die nächste Seite auf und las:

Nur die Blinden
verlangen nach Wundern.
Die Sehenden
erkennen das Wunderbare
überall, wohin sie blicken.

Dann bin ich wohl blind, dachte Bagor verärgert und klappte das Buch zu.

„Ich muß jetzt gehen", sagte er zu Satusa.

Sie warf ihm einen verwunderten Blick zu. „Schon? Für einen, der sich soviel Mühe mit dem Raub dieses Buches gemacht hat, nehmt Ihr Euch wenig Zeit, um mit ihm zu sprechen."

Bagor stand auf: „Nun – seine Antworten befriedigen mich nicht und nehmen mir die Lust an der Fortsetzung des Gesprächs. So war es auch gestern abend. Ich werde heute abend ein weiteres Mal mit ihm sprechen. Wir haben keinen Grund zur Eile. Doch nun entschuldigt mich. Ich will die Kampfübungen meiner Palastwache beobachten."

Bagor klatschte in die Hände, und zwei Diener, denen er besonderes Vertrauen entgegenbrachte, erschienen.

„Stört es Euch nicht, überall von Dienern umgeben zu sein?" fragte Satusa. „Nie seid Ihr wirklich allein!"

„Sie haben Anweisung, unauffällig in meiner Nähe zu weilen, so daß sie mein Händeklatschen hören. Sie sind unsichtbar, sie stören mich nicht – und wenn ich sie brauche, erscheinen sie. Ich wünsche Euch einen angenehmen Nachmittag. Zum Abendessen seid Ihr wieder mein Gast."

Bagor wandte sich zum Gehen, drehte sich aber nach wenigen Schritten um und sagte mit spöttischem Unterton: „Genießt diesen schönen Park! Angeblich walten hier himmlische Kräfte – im Blühen der Blumen und Bäume. Das Zauberbuch hat es mir verraten!"

Bagor wies seine Diener an, Satusa während ihres Aufenthaltes im Palastgarten nicht aus den Augen zu lassen und sie anschließend in ihr Zimmer zurückzuführen.

Satusa blieb nachdenklich mit dem Zauberbuch auf der Bank sitzen.

Wieder hatten die Antworten des Buches den Maharadscha verstimmt, und Satusa gestand sich ein, daß sie darüber eine heimliche Freude empfand. Der Herrscher hatte sich eines Schatzes bemächtigt, dessen Wert er niemals zu erkennen vermochte. Er hatte Hunderte und Tausende von Suchenden der Möglichkeit beraubt, sich mit dringenden Fragen der Seele und des Herzens an das magische Buch zu wenden – nur um ein- oder zweimal am Tag darin zu lesen, ohne viel mehr dabei zu empfinden als Verärgerung! Es war eine Schande!

Satusas Blick ruhte auf dem Buch in ihrem Schoß. Und sie fragte sich, warum es nicht mit Hilfe seiner Wunderkräfte die Entführung durch Bagor verhindert hatte. Ohne es eigentlich zu wollen, schlug sie das Buch auf und las die Worte:

Wenn der Kranke
nicht zum Arzt kommt,
muß manchmal der Arzt
zum Kranken kommen.

Satusa klappte das Buch zärtlich zu und schämte sich ihrer Zweifel. Das Zauberbuch hatte sich entführen lassen, weil es auf andere Art den Maharadscha nicht erreichen konnte! Der Kranke war Bagor, doch die Medizin schien ihm nicht zu schmecken und keine besondere Wirkung hervorzurufen. Vielleicht mußte die Behandlung verändert werden?

Satusa lächelte. Ihr wurde wieder bewußt, wie wohl und sicher sie sich in der Nähe dieses kleinen weißen Buches fühlte. Und sie empfand eine gewisse Neugier auf den weiteren Verlauf der Ereignisse, ohne Angst vor möglichen schlimmen Entwicklungen. Sie erinnerte sich an Mandos Worte, als er ihr in der Nacht erschienen war. Da hatte er davon gesprochen, daß eine Aufgabe vor ihr liege, eine Auf-

gabe, die Vertrauen und Mut erfordern – und viel Gutes nach sich ziehen würde.

Das Buch brauchte also ihre Hilfe, und Satusa fühlte Stolz, weil sie für würdig und fähig befunden wurde, diese Hilfe zu leisten. Ihr Vertrauen in den Geist des Meisters war grenzenlos, und ihr Mut war schon in der Kindheit größer gewesen als der vieler Jungen aus der Nachbarschaft.

Wieder schlugen ihre Hände das Zauberbuch auf. Und sie las:

Liebe und Glauben,
Vertrauen und Mut
verleihen Flügel,
versetzen Berge,
erhellen das Dunkel.

Bewegt von diesen Worten schloß Satusa die Augen und hörte ihr Herz laut und schnell klopfen. Eine innere Unruhe, die sie sich nicht erklären konnte, ergriff Besitz von ihr.

Liebe und Glauben, Vertrauen und Mut! Ja, das war schon alles, worauf es ankam. Das war das Leben! Satusa hatte nie verstanden, warum so viele Menschen lieblos, voller Mißtrauen und ohne Mut ihre wertvolle Lebenszeit vergeudeten. Sie hatte immer schon gespürt, daß das eigentliche, das wesentliche Leben tief unter dem Alltagsdasein der meisten Menschen verschüttet lag, daß viele es nicht verstanden, die Schätze in ihrem eigenen Garten zu finden.

Satusa erhob sich und spazierte noch eine Weile nachdenklich durch den Garten. Dann brachten Bagors Diener sie zurück zu ihrem Gemach.

Bagor hatte sich nach Betrachtung der Kampfübungen seiner Krieger in die Bibliothek begeben. Die Aussagen des Zauberbuches hatten ihm keine Ruhe gelassen, und so studierte er schon seit zwei Stunden ein Werk über unerklär-

liche Ereignisse. Es berichtete von Männern, die mit bloßen Füßen über glühende Kohlen gegangen waren, ohne hinterher auch nur eine Brandblase an ihren Fußsohlen aufzuweisen. Es schilderte den Fall eines Yogis, der sich bei lebendigem Leib zwei Meter tief vergraben ließ. Nach vierzig Tagen grub man ihn wieder aus – und der Yogi öffnete die Augen: geschwächt, blaß, aber guter Laune.

Die Schrift erzählte von Frauen, die bestimmte Ereignisse unter Zeugen vorausgesagt hatten, die später tatsächlich so eingetroffen waren. Auch von Fakiren wurde berichtet, die sich einen langen Dolch in den Bauch stießen und wieder herauszogen, ohne daß der Klinge auch nur ein Blutstropfen anhaftete – allesamt Ereignisse, die unerklärlich waren und die, wenn sie geschahen, alle Anwesenden in ehrfürchtiges Staunen versetzten und von ihnen als ein Wunder, als ein Walten überirdischer Kräfte verstanden wurden.

Bagor legte das Buch auf den Tisch und öffnete die Balkontür. Seine Augen ruhten sich beim Betrachten der weiten Ebene vor dem Palast vom Lesen aus.

Nach einer Weile trat er ins Freie. Sein Blick fiel auf den Wassergraben einige Meter unter ihm. Unwillkürlich verzogen sich seine Mundwinkel zu einem Grinsen, als er daran dachte, daß man die Tausende von Kohunos in dem trüben Wasser durchaus auch als ein Wunder bezeichnen könnte. Oder war es etwa kein Wunder, wenn diese gefräßigen kleinen Fische, von denen einer nicht länger als ein Finger war, innerhalb von Sekunden von einem Menschen nur noch seine Knochen übrig ließen?

Als Bagor seinen Blick wieder hob, entdeckte er die Reiter am Horizont. Aus der Entfernung war ihre Anzahl schwer einzuschätzen; es waren vielleicht um die hundert.

Sicherlich kein Überfall. Angreifer kommen nachts! Aber gewiß auch kein Freundschaftsbesuch – soviele Freunde hatte der Maharadscha nicht, wie er sich selbstironisch eingestand.

Wenige Minuten später standen alle Männer seiner Palastwache in Waffen, und die Bogenschützen auf den östlichen Palastzinnen blickten finster auf die hundert Reiter, die sich langsam aber sicher näherten.

Bagor beobachtete das Näherkommen der Reiter. Ihr Anführer trug die Fahne des Friedens. Sie kommen also in friedlicher Absicht, dachte Bagor. Wie gut für ihre Gesundheit! Daß sich auch Frauen unter den Reitern befanden, unterstrich den Eindruck eines friedfertigen Besuches.

Die Reiter brachten ihre Pferde zum Stehen – an einer Stelle, wo sie die Pfeile der Bogenschützen noch nicht erreichen konnten. „Ganz so dumm wie ihr ausseht, seid ihr also nicht", murmelte Bagor und beobachtete interessiert, wie vier Reiter sich von den anderen lösten und langsam mit der Friedensfahne auf den Palast zuritten. Bagor erkannte, daß es sich dabei um einen alten, weißhaarigen Mann, einen Jüngling sowie einen Mann und eine Frau im mittleren Alter handelte. Der Jüngling trug die Fahne.

Sie waren unbewaffnet. So sah der Maharadscha keine Notwendigkeit, den Balkon zu verlassen. Sicher wollten sie mit ihm reden. Er würde hören, was sie ihm zu sagen haben und ihnen die Antworten geben, die sie verdienen.

Bagor warf einen Blick nach oben zu den Bogenschützen. Er gab ihrem Führer Anweisung, erst auf seinen Befehl zu schießen und wartete, bis die vier Reiter den Rand des Wassergrabens erreicht hatten. Dann rief er ihnen zu: „Ich fühle mich durch euer Kommen geehrt. Doch ich fürchte, ihr bringt mir keine gute Nachricht."

Die vier warfen sich Blicke zu. Dann antwortete der alte Mann: „Wir grüßen Euch, Maharadscha Bagor. Wir kommen, um Euch Euren Ring zu bringen, der Euch im Garten der jungen Frau verlorenging, die Ihr entführt habt."

Der Alte griff in seine Tasche und zeigte Bagor den Ring. Dann griff er in die andere Tasche und zog einen künstlichen Vollbart hervor. „Und natürlich den falschen Bart, den Ihr am gleichen Ort vergessen habt!"

Bagor schmunzelte. Die ironische Art des Alten gefiel ihm. Sie verlieh seiner Hilflosigkeit eine gewisse Würde und machte ihn zu einem akzeptablen Gesprächspartner.

„Wie nett von Euch", rief Bagor dem Alten zu, „mir diese Dinge nachzutragen. Den Bart könnt Ihr behalten, ich hab' noch mehr davon. Den Ring allerdings hätte ich gern zurück. Es war der Ring meines Vaters, und ich habe ihn vermißt. Nennt Euren Preis!"

„Gebt uns Satusa zurück!" rief der Alte.

Der Maharadscha lachte laut. „Eine schöne Frau soll ich gegen einen Ring eintauschen?" erwiderte Bagor. „Ihr haltet mich aber für einen schlechten Geschäftsmann!"

„Verzeiht, wenn ich Eurem Humor nicht folgen kann, Maharadscha, aber Ihr habt einen Menschen geraubt, den wir alle sehr lieben, und wir bitten Euch, Satusa freizulassen!"

„Wer ist ‚wir'?" rief Bagor barsch zurück.

„Wir", antwortete der alte Mann, „das ist Margu, Satusas bester Freund. Er trägt die Friedensfahne. Das sind Hela und Korban, Satusas Eltern. Mein Name ist Makunda. Ich fühle mich für Satusas Schicksal verantwortlich. Und das sind" – Makunda wies auf die Reiter, die weiter entfernt auf ihren Pferden saßen – „all' die Menschen aus Jabindram, die uns unbedingt begleiten wollten. Sie vermissen Satusa, und sie vermissen das Zauberbuch."

„Was für ein Zauberbuch?" fragte Bagor scheinheilig.

Makunda lächelte nachsichtig. „Wir wissen", sagte er, „daß Ihr das Buch des Weisen gestohlen habt, das für alle Menschen bestimmt ist."

„So – das Buch wollt Ihr also auch zurückhaben, wo Ihr schon mal da seid", rief der Maharadscha zurück und lachte schallend. „Eure Forderungen sind wahrhaftig lächerlich! Was könnt Ihr mir schon bieten, Makunda? Einen falschen Bart und einen Ring! Gut, gut, den Ring will ich zurück. Ich gebe Euch dafür einen Beutel Gold, und dann zieht Ihr wieder ab. Den falschen Bart könnt Ihr wieder mit-

nehmen und anstelle des Zauberbuches auf euren hübschen weißen Altar legen. Das macht sich farblich bestimmt gut! Und vielleicht gibt der Bart irgendwann sogar kluge Antworten, wenn man ihn lange genug befragt." Der Maharadscha zog einen Beutel Gold aus seinem Gürtel hervor. „Ich werfe Euch das Gold hinunter. Ihr legt den Ring auf den Boden zu Euren Füßen und zieht ab. So können wir ins Geschäft kommen!"

Wieder tauschte Makunda Blicke und leise Worte mit dem Freund und den Eltern Satusas aus. Dann rief er: „Wir wollen Euer Gold nicht! Wir geben Euch den Ring. Laßt uns dafür sehen, daß Satusa lebt und bei guter Gesundheit ist."

„Ich behandle sie wie eine Prinzessin", gab Bagor zurück. „Eure Sorge ist überflüssig. Aber da ihr ohnehin wißt, daß sie hier ist, sollt ihr sie sehen. So könnt ihr euch verabschieden. Denn danach werdet ihr sie nicht wiedersehen."

Satusas Mutter schluchzte auf und brach in Tränen aus.

„Auch das noch", murmelte Bagor und gab den Befehl, Satusa zu ihm in die Bibliothek bringen zu lassen. „Und achtet darauf, daß sie das weiße Buch mitbringt."

Minuten später führten zwei Diener Satusa in die Bibliothek. Bagor empfing sie mit den Worten: „Ich habe eine große Überraschung für Euch, Satusa."

Sie sah ihn forschend an, konnte aber nichts in seinem Gesicht lesen. „Ich habe das Zauberbuch mitgebracht", erwiderte sie. „Wollt Ihr es befragen?"

„Später vielleicht", winkte der Herrscher ab. „Jetzt geht erst einmal auf den Balkon. Dort wartet die Überraschung!" Er beobachtete Satusa, die zögernd auf den Balkon ging und in einen Freudenschrei ausbrach, als sie ihre Liebsten sah.

Bagor folgte ihr. Sie stand wortlos an der Brüstung und schaute hinunter auf ihre Eltern, auf Makunda und auf Margu, ihren Liebsten. Tränen standen ihr in den Augen.

„Bist du gesund? Geht es dir gut, mein Kind?" rief ihre Mutter mit zitternder Stimme.

„Ja, ich bin gesund. Niemand tut mir Gewalt an."

„Da seht ihr es!" rief Bagor energisch. „Und nun legt den Ring auf die Erde und zieht in Frieden!"

„Hunderte von Suchenden warten vor dem Tempel! Sie sehnen sich nach der Weisheit des Zauberbuches", rief Makunda mit nachdrücklicher Stimme.

Satusa hob ihre Hand mit dem Zauberbuch über den Kopf, so daß alle es sehen konnten.

„Was sollen wir tun?" flüsterte Margu.

Satusas Mutter schüttelte nur den Kopf und schluchzte.

„Vielleicht", sagte Margu leise, von Sehnsucht nach Satusa und Haß auf Bagor hin- und hergerissen, „vielleicht weiß das Zauberbuch einen Rat! Seht, Satusa hat es in der Hand. Wir müssen sie bitten, daraus vorzulesen!"

Makunda nickte und rief dem Maharadscha zu: „Dann entlaßt uns wenigstens mit einem letzten Trost des Zauberbuches! Laßt Satusa uns vorlesen, was uns das Buch zum Abschied mit auf den Weg gibt."

„Warum sollte ich euch diesen Gefallen tun? Außerdem sind die Worte des Zauberbuches keineswegs immer ein Trost", erwiderte Bagor.

Da sagte Satusa mit leiser Stimme: „Mir zuliebe. Bitte!"

Der Maharadscha warf ihr einen erstaunten Blick zu, schien zu zögern und wandte sich wieder an die Reiter. Er sah, wie Makunda seinen in Jabindram verlorenen Ring in einen Lederbeutel steckte, den Beutel verschnürte und zu Boden warf.

„Nun gut", rief der Herrscher den Reitern schließlich zu, „einen letzten Spruch will ich euch nicht vorenthalten. Und danach trollt euch, sonst gebe ich meinen Bogenschützen Befehl, auf euch zu schießen. Und sie treffen immer!"

Bagors Blick suchte die Augen des Führers seiner Palastwache, der inmitten der langen Reihe von schußbereiten

Bogenschützen stand. „Wenn ich den Arm hebe“, befahl er, „laßt die dort unten eure Treffsicherheit spüren!“ Dann wandte er sich Satusa zu. „Und nun schlagt das Buch auf und gebt diesen harmlosen Narren einen Trostspruch mit auf den Weg.“

Satusa schluckte und kämpfte mit den Tränen. Sie fühlte sich wie ein Blatt im Sturm aufbrausender Gefühle, hin- und hergewirbelt von der Freude über das Kommen der Eltern und Freunde und von der Angst um ihr Leben angesichts der bedrohlichen Reihe der Bogenschützen. Sie fühlte ohnmächtige Wut auf Bagor, der ihr Leben wie ein Spielzeug in seiner Hand hielt, der jetzt wie eine unüberwindbare Mauer zwischen ihr und ihren Liebsten stand. Ihr Blick streifte Bagors Gesicht. Sein Blick, entschlossen und hart, traf sie wie ein Stich ins Herz.

„Nun macht es nicht so spannend, Satusa! Schlagt das Zauberbuch auf!“ Die Stimme des Herrschers klang ungeduldig.

Und plötzlich wußte Satusa genau, was sie zu tun hatte. Sie war sich der Gefährlichkeit ihres Vorhabens bewußt, doch sie spürte keine Angst, kein Zögern in sich. Da war auf einmal eine große Stille und Klarheit in ihrem Inneren, als hätte der Sturm ihrer Gefühle sich von einem Augenblick auf den anderen gelegt. Satusa war klar, daß es jetzt auf jede Sekunde ankam. Ohne das geringste Zögern holte sie weit aus und warf das Zauberbuch mit aller Kraft über den Wassergraben – dorthin, wo die Freunde standen. Einen Moment lang fürchtete Satusa, sie habe es nicht weit genug geworfen. Dann schien sich seine Flugbahn plötzlich zu verändern, als habe es eine kräftige Böe erfaßt, so daß Makunda das Buch gerade noch fangen konnte.

Bagor war vor Überraschung und Enttäuschung über Satusas Tat außer sich vor Erregung. Aus seinen dunklen Augen blitzten Wut und Jähzorn. Seine Miene verzerrte sich, als er zum Schlag ausholte. Wie Feuer brannte seine

Ohrfeige auf Satusas Wange. Ihre Blicke prallten heftig aufeinander. Satusa blickte in einen Abgrund von Zorn, verletzter Eitelkeit und Rachsucht, und wilde Angst um das Leben ihrer Liebsten schnürte ihr Herz zusammen.

„Reitet! Flüchtet! Schnell!" rief sie ihren Eltern zu. „Er will euch töten!" Dann sprang sie auf Bagor zu und umklammerte mit der ganzen Kraft ihrer Verzweiflung seine Arme und seinen Oberkörper, damit er den Arm nicht heben konnte – zum Zeichen für die Bogenschützen. Doch Satusa hatte die Kraft des Herrschers unterschätzt. Mit einem durchdringenden Wutschrei befreite sich Bagor aus ihrer Umklammerung und stieß sie mit der vollen Wucht seines Zornes von sich. Satusa prallte heftig gegen die hüfthohe Balkonbrüstung und schrie in Todesangst auf, als sie spürte, daß sie das Gleichgewicht verlor und rückwärts über das Geländer fiel.

Mit schierem Entsetzen in den Augen versuchte Bagor sie zu halten, konnte aber nicht mehr verhindern, was er nicht gewollt hatte: Satusa stürzte durch die Wucht seines Stoßes in den Wassergraben, begleitet von dem markerschütternden Angstschrei ihrer Mutter. Bagor schloß innerlich zitternd die Augen, um sich den Anblick des rot aufschäumenden Wassers zu ersparen.

Nach Satusas Eintauchen in den Todesgraben schien die Zeit den Atem anzuhalten. Es vergingen endlos scheinende Augenblicke. Dann tauchte Satusa auf und erreichte mit wenigen Schwimmzügen das Ufer. Nahezu unversehrt stieg sie aus dem Wasser und lief auf die Freunde zu.

Bagor hatte die Augen wieder geöffnet und starrte Satusa an, unfähig, sich zu rühren. Sein Atem ging schnell. Er konnte keinen klaren Gedanken fassen. Wie unter einem hypnotischen Bann beobachtete er regungslos, wie der jüngste Reiter von seinem Pferd sprang, auf Satusa zulief und sie in die Arme schloß.

Als Satusa und Margu sich vor Erleichterung weinend in die Arme fielen, ermahnte Makunda sie sanft, aber eindringlich zur Eile. Margu löste sich aus der Umarmung, führte Satusa zu seinem Pferd und hob sie in den Sattel. Dann schwang er sich hinter ihr auf den Rücken seines Rappen.

Bagor schaute dem Geschehen unter ihm mit hellwachen Sinnen zu – doch sein Wille schien wie betäubt. Der Führer seiner Palastwache erwartete vergeblich das Zeichen des Maharadschas, auf die Menschen zu schießen, die sich zur Flucht wandten. Bagor stand wie erstarrt auf dem Balkon und wurde Zeuge, wie die vier Pferde mit ihren fünf Reitern zu den ausharrenden Menschen aus Jabindram stießen, von ihnen jubelnd in die Mitte genommen wurden und mit ihnen zügig davonritten. Seine Soldaten wunderten sich, warum Bagor nicht den Befehl gab, auszuschwärmen und die Verfolgung aufzunehmen.

Der Maharadscha blickte den Reitern aus Jabindram, die eine große Staubwolke auf ihrem Ritt über die Ebene nach sich zogen, lange nach – äußerlich regungslos, aber innerlich von starken Gefühlen bestürmt, deren Bedeutung ihm noch nicht klar war. Er spürte nur, daß etwas vor seinen Augen geschehen war, das ihn im tiefsten Inneren berührt hatte und vielleicht sein ganzes Leben verändern konnte.

Als die Reiter den Rand der Ebene erreichten und nach und nach im Wald verschwanden, begab Bagor sich wortlos in sein Turmzimmer. Von dessen Fenstern aus konnte er den ganzen Palast und die ihn umschließende Ebene überblicken. Seinen Dienern gab er die Anweisung, jede Art von Störung von ihm fernzuhalten.

Man sagt, er hielt sich dort drei Tage und drei Nächte alleine auf. Niemand weiß, was in dieser Zeit mit Bagor geschah. Er selbst hat nie ein Wort darüber verloren. Aber es ist überliefert, daß es ihn daraufhin noch mehrere Male nach Jabindram zog, wo er sich in immer neuen Verkleidungen unter die wartenden Wahrheitssucher mischte, um mit dem Zauberbuch zu sprechen.

Vielleicht waren solche heimlichen Besuche im weißen Tempel von Jabindram der Grund dafür, daß Bagor mit den Jahren mehr und mehr davon abließ, schöne Frauen für seinen Harem wie Freiwild im ganzen Land zu jagen. Seine engsten Berater stellten zu ihrer Überraschung fest, daß seine Entscheidungen weitsichtiger, seine Urteile gerechter, seine Habgier geringer wurde. Und das ganze Volk erlebte am eigenen Leibe, wie die Herrschaft des Maharadschas und damit das Leben in seinem Land mit der Zeit immer sicherer und friedlicher wurde.

So ist es geschehen vor vielen, vielen hundert Jahren in einem Land des fernen Ostens.

Die Stadt Jabindram existiert schon lange nicht mehr, und auch der weiße Marmortempel ist längst vom Erdboden verschwunden. Viele sagen, daß das Zauberbuch bei einem Angriff feindlicher Krieger auf die Stadt Jabindram vernichtet worden sei. Andere glauben an die Unzerstörbarkeit des magischen Buches und behaupten, daß es irgendwo an einem verborgenen Ort liege und darauf warte, von den Menschen aufs neue entdeckt zu werden. Unzählige Wahrheitssucher machten sich schon auf den Weg, um es wiederzufinden. Sie wendeten jeden Stein, durchkämmten jeden noch so entlegenen Winkel – doch ihrer leidenschaftlichen Suche war kein Erfolg beschieden.

Einige machten jedoch eine andere wunderbare Erfahrung: Nachdem sie schließlich zu suchen aufgehört und ihre Enttäuschung überwunden hatten, erkannten sie nach und nach, daß es gar nicht nötig gewesen war, so lange nach dem verschollenen Zauberbuch Ausschau zu halten – denn die Antworten auf die brennenden Fragen, die sie ihm stellen wollten, waren tief in ihnen selbst verborgen.

So wartet die Weisheit des Zauberbuches in jedem von uns auf ihre Entdeckung – in den Tiefen unserer eigenen Seele.

Hans Kruppa, geboren 1952 in Marl, lebt als freier Schriftsteller in Bremen.

DAS ZAUBERBUCH – Ein Märchen – entstand aus dem Versuch, persönliche Einsichten in eine märchenhafte, spannende Erzählung einzubetten und so die Phantasie als Vermittlerin von Erkenntnis zu verstehen.

Außerdem sind von ihm Gedichtbände, Kurzgeschichten, Märchen und Romane veröffentlicht worden.

Schreiben empfindet er als zum Beruf gewordene Berufung – ein buchstäbliches Abenteuer, das ihn zu immer neuen Ufern der Phantasie trägt.